edition exil

julya rabinowich spaltkopf

roman

edition exil

julya rabinowich   spaltkopf
roman

edition exil, wien 2008
isbn: 978-3-901899-33-1

herausgeberin und lektorat: christa stippinger
layout und grafische gestaltung: sebastian menschhorn
korrektorat: eva auterieth

ein projekt von verein exil im amerlinghaus
in kooperation mit dem verein kulturzentrum spittelberg

edition exil
stiftgasse 8 – 1070 wien – tel. 0043 699 123 444 65
fax 00431 89 00 87 215
edition.exil@inode.at – www.zentrumexil.at

Inhalt

Abgebissen, nicht abgerissen

Galliges Grün überall: Wasser, Himmel, Küstenstreifen, farblich darauf abgestimmt: ich, die sich recht cool findet. Ich mache eine Reise. Ich befinde mich an Bord einer Fähre, die soeben Irland Richtung Schottland verlässt. Ich bin schwanger und glaube fest, dass ich draufgängerisch aussehe.

Ich mache wieder einmal einen Sprung, mein Spiel ist das Tempelhüpfen von Land zu Land. Daneben treten wäre unklug: dann scheidet man aus. Der Rest der Mitspieler sitzt noch im Out: Sie sind in Russland und warten auf ihre Ausreise nach Israel, einige ahnen zu diesem Zeitpunkt noch gar nichts von ihrem Glück, andere wissen nicht, dass sie auch diesem Zielland einmal den Rücken kehren werden: ab nach Hause, husch, husch ins Körbchen.

Im Out ist es langweilig. Man schaut zu und kommentiert die Bewegungen des Spielers, der gerade dran ist. Das lenkt ihn ab und bereitet mehr Abwechslung. Mein Vater ist raus, und ich bin an der Reihe.

Ich mache also eine Reise. Ich bin eigentlich nie angekommen, weder bei meiner ersten noch nach der zweiten. Die Reise nimmt kein Ende und der Urlaub ist lang. Ich werde mich weigern, die Reisespesen zu begleichen.

Abgebissen wirkt der Küstenstreifen, man kann die Schichten seines Fleisches gut erkennen. Abgebissen fühle ich mich auch, denn das Land, aus dem ich kam, hängt nicht an mir und ich nicht an ihm. Keine Fasern verbinden mich mehr damit.

Diese Reise wird mich in Folge nach Schottland, Holland, Wien und durch die Geburt meiner Tochter führen. Zwischen Glasgow und Amsterdam spüre ich, wie mein Kind die ersten Schritte in meinem Bauch setzt. Es versetzt mich in Panik. Auch meine Tochter hat bereits eine Reise angetreten. So sind wir beide unterwegs.

Lektion 1
Wer jetzt verrückt wird, wird es lange bleiben. Wird lesen, wandern, lange Briefe schreiben.

Ich sitze mit meinen Eltern, meiner Großmutter Ada und meiner Puppe im Flugzeug. Alle Beteiligten sind erstarrt (im Stand-by-Modus). Die Mozartkugel in meiner Hand schmilzt, aber das bunte Papier erscheint mir zu wertvoll, um es aufzureißen, ich habe so etwas noch nie gesehen.
Ich bin überzeugt von der Richtungsangabe meiner Eltern: wir befinden uns auf einer Urlaubsfahrt Richtung Litauen. Kurz vor der Landung entstehen darüber Meinungsverschiedenheiten: ein anderes Kind ist nicht von der fixen Idee abzubringen, dass wir nach Wien fliegen. Ich soll Unrecht behalten.

Das Klo ist ein Palast und die Kaugummiautomaten Versprechen einer neuen schönen Welt. Wir leben zu viert in einem Hotelzimmer, das sich in einem Bordell zu befinden scheint. Ich habe deswegen Einzelhaft und darf nicht hinaus.

Mein Vater und ich bekommen einen Nervenzusammenbruch, weil er mir im Laufe eines einzigen Abends drei Jahre Kommunismussozialisation austreiben will und ich es nicht fassen kann, dass Lenin, der Freund aller Kinder, dessen Anstecker noch immer an meinem Kleid prangt (im Reisefieber untergegangen) ein Arschloch sein soll.

Was mein Vater nicht schafft, bewirkt der Anblick einer Barbiepuppe. In fünf Minuten. Ich bin vom Westen überzeugt. Ich soll es lange bleiben.

Jahre später noch kann ich mich kaum daran erinnern, nicht hier geboren worden zu sein. Ich bin bereit, ein besseres Deutsch zu sprechen als meine Klassenkollegen. Ich bin bereit, freiwillig in den katholischen Religionsunterricht zu gehen, während die türkischen Kinder früher heimgehen können. Ich bin bereit, Gebete, deren Worte mir anfangs nicht klar sind, nachzuäffen. Später werden es andere Dogmen sein. Ich bin bereit, für den Rückhalt in einer Gruppe – so sie nicht zu groß ist – Teufels Großmutter aufzusuchen, und sei es nur LSD-bezogen. Ich bin bereit, das Doppelte meiner Einnahmen für eigenwillige Kleidung auszugeben, um mich anschließend in meiner Arbeit von quälenden Geldsorgen stören zu lassen.

Das Anrüchige einer kleinen Immigrantin ist nicht mal mit Chanel abzuwaschen. Ein Verlust ist sofort – instant – wieder gut zu machen. Die Leere darf nicht einen wahrnehmbaren Moment lang aufklaffen.

Ich kaufe ein, als mein Vater stirbt.

Ich kaufe ein, als ich mich von meinem ersten Freund trenne.

Lektion 2

Reisende soll man nicht aufhalten.

Mein Vater tritt eine finale Reise an und hinterlässt mir als Mitbringsel lähmende Angst vor Ausflügen aller Art. Ich mutiere kurzfristig zu einer Gemischtwarenhandlung sämtlicher Neurosen: Ich habe Flugangst, Platzangst, Angst vor Tunneln, Zügen, Beziehungskisten und dem Tod. Meines Bewegungsradius beraubt, beginne ich, mir eigene Spiralen zurechtzulegen:

Ich bin oft krank.

Ich schreibe.

Ich führe endlos komplizierte Liebschaften.

Ihre Wege sind so verschlungen wie die, die mir versagt sind.

Die Welt ist rund.

Wenn man einmal losgeht, kann man nicht mehr innehalten. Schon hat es einen über den Rand und weiter gezogen. Als Stehaufmännchen schreitet man voran. Es gibt kaum eine Neigung, die einen zum Erliegen bringen würde. Sehnsucht kommt auf nach der schönen alten Zeit mit ihren Schildkröten und Elefanten, die die Weltenscheibe stützten! So einfach wäre es gewesen: einmal angepirscht, darüber gelugt und heimgegangen.

Aber unsereins sitzt im Karussell, obwohl schon dem Erbrechen nahe.

Ich bin unterwegs zu mir mit Drogen, Analyse, Arbeitsanfällen.

Ich bin ein bulimisches Perpetuum Mobile, schubweise geplagt von Einverleibenwollen und Nichtbehaltenkönnen.

Kurzum: ich habe mich angepasst.

Die Welt ist rund.

Lektion 4
fast forward

Ich stehe auf einem Bergvorsprung und sehe in die Tiefe: zu meinen Füßen schlängelt sich die Rhône. Links ist Frankreich, rechts der Abgrund.

Der Wind ist warm, erster Anflug des Frühlings überall.

Die Wasser meines Flusses sind träge. Gelb und gallig wälzen sie sich dahin.

Wenn ich die Wahl zwischen zwei Stühlen habe, nehme ich das Nagelbrett.

Ich bin müde.

Ich bin nicht daheim.

Ich bin angekommen.

Die Hunde von Ostia

1

Als meine Mutter mit mir schwanger war, saß sie oft vor ihrem Schminktischchen, sah lange in den Spiegel und stellte sich ihr Kind vor. Vor ihr lag ein Buch. Ein abgegriffener Stoff, darauf eingestanzt in goldenen Lettern „Russische Märchen". Ihre Hand, klein und elegant, ruht auf einer aufgeschlagenen Seite unterhalb der Überschrift „Herrin des Kupferbergs". Es gibt viele Geschichten von ihr, alle eröffnet mit feierlich großen Schnörkelbuchstaben. Kyrillisch. Auf der anderen Seite eine Illustration hinter einem knisternden Blatt Schonpapier. Durch den matten Schleier lassen sich die Farben nur erahnen. Das Bild zeigt eine Frau mit langem schwarzem Zopf, die sich an eine Malachitwand lehnt. Ihr Kleid, ihre Augen, die aufmerksam und streng wirken, der gemaserte Stein, das Malachitkollier um den blassen Hals: alles ist farbident. Sie versinkt in einem Meer von Grün, löst sich darin auf. Meine Mutter blickt sie an und wünscht sich ein Mädchen, mit einer Haut so weiß wie Schnee und einem Mund rot wie Blut.

Das Feuer lodert im Kamin, der mit alten wegbrechenden Marmorplatten getäfelt ist. Auf dem breiten Steinsims darüber stehen Vaters Fundstücke, beim Trödler erworben oder aus dem Mist gebuddelt. Schwere Kerzenleuchter aus Gusseisen, kleine Statuetten, Kupferkannen, liebevoll arrangiert und jedes Stück gut geeignet, meine neugierige Nase zu brechen, wenn ich es schaffe, es vom Sims zu stoßen. Das verzerrte Abbild meiner Augen, das sich im Messingrand der Feuerstelle spiegelt, lenkt mich ab. Unheimliche Flecken, die meinen Bewegungen folgen, bis ich ausrutsche und den Halt verliere. Ein Fuß schlittert ins Dunkel hinter der Absperrung. Ich hangele mich vorsichtig hoch und am Kaminrand entlang, die Pretiosen wieder im Blick, angriffsbereit, die Hausschuhe nun mit Asche bestaubt.

Links von mir ragt der hohe, geschnitzte Sessel meines Vaters Lev empor. Wie jeder Stammesgründer hat auch er seinen Thron. Bei einem seiner Ausflüge auf den Mistplatz hat er ihn unter unzähligen Schichten Dreck entdeckt, befreit und zu neuem Glanz poliert. Die dunkelbraunen Löwenköpfe an den Lehnen fletschen mich warnend an.

Vater sitzt im Zentrum des großen Tisches, um den sich die Verwandtschaft versammelt. Sie sind in ihr Abschiedsfest vertieft, schwingen geschliffene Gläser, belegte Brote und Käsegebäck, das meine Mutter mutig in der Gemeinschaftsküche der Kommunalwohnung gebacken hat, nachdem sie einen der beiden Herde dem feindlichen Ansturm der Mitbewohner abtrutzen konnte.

Ich bin eine Prinzessin! König und Königin sind auf meiner Seite, mir kann nichts geschehen. Wackelig vollführe ich eine Pirouette um den schweren Tisch herum.

Der ist so voll gestellt, dass die Gäste keinen Platz mehr haben für Ellbogen und Hände. Da gibt es Hering im Pelz, dessen strahlend weiße Sauerrahmhülle nach innen hin ein zartes Rosa entwickelt, dort, wo sich die purpurnen Scheiben der roten Rüben und der darunter geschichteten Kartoffeln mit dem eingelegten Fisch berühren. Mit Zwiebelringen verziert, eine Winterlandschaft, hie und da mit einem grünen Zweiglein Petersilie geschmückt. Die unberührte Speise wirkt sanft gerundet wie ein Federkissen. Nur seiner Schönheit wegen nehme ich mir immer ein großes Stück davon, das ich dann nach den ersten Bissen stehen lasse. Da gibt es ein Schälchen mit rotem und daneben noch eins mit schwarzem Kaviar. Es gibt Salatschüsseln, Plätzchen, Torten, rote und helle Karaffen mit Wein. Eisig beschlagene Wodkaflaschen. In einer Ecke, auf einem kleinen Extratischchen, steht ein geschwungener, rostiger Samowar, der elektrisch betrieben wird, daneben die traditionell den Tee begleitenden Schälchen dünnflüssiger Marmelade mit ganzen Fruchtstückchen darin.

Draußen ist es beißend kalt, der Himmel verdunkelt sich gegen drei Uhr nachmittags. Meine sportliche Großmutter Ada, die Mutter meiner schönen Mutter Laura, schleppt mich fluchend auf einer Rodel durch die Straßen St. Petersburgs, die man im Schneetreiben unter den ungeheuren Schneemassen auf Dächern und Gehsteigen kaum noch erkennen kann. Über unseren Winterschuhen tragen wir zusätzliche Stiefel aus schwarzem Walk, und darüber Gummislipper, die nordische Variante der Gummistiefel, genannt Walenki.

Wie die geballte Urmaterie vor dem Big Bang konzentriert sich die Familie jetzt um den riesigen Piratentisch: die einen werden nach Amerika fliegen, die anderen nach Israel versprengt werden, manche nach Südafrika und Japan, und wir werden bald unsere Galaxie um die sich stetig drehende Sonne Österreichs bilden, bis irgendwann einmal die Hitze auf unseren Himmelskörpern sinkt und lebensfreundlichere Bedingungen auf unseren Oberflächen herrschen.

Alle Zweige der Verwandtschaft sind da. Die grobe Einteilung der Gäste ergibt Mathematiker, Maler und ehemalige Maler, Architekten und ehemalige Architekten und deren Angehörige, im ungefähren Verhältnis 50 zu 50. Eduard, der Bruder meiner Mutter, seine Frau Olga mit ihren beiden Kindern Adrian und Anastasija, einem dünnen Jungen mit Brille und der graziösen achtjährigen Primaballerina.
Mit Onkel Eduard habe ich innerlich ein Hühnchen zu rupfen. Zu oft spüre ich seinen missbilligenden Blick auf mir und meinem untrainierten, fülligen Körper, während seine Tochter in anmutiger Schönheit mit langem schwarzem Zopf durchs Zimmer schwebt. Ich trage den verhassten Pagenkopf, den Fluch der Familie. Meine Großmutter Ada trägt ihn in Hellrot, meine Mutter rabenschwarz. Sie schminken sich beide mit dunklem breitem Lidstrich, Ada verwendet auch Lippenstift. Sie wirken elegant. Ein Vergehen im sozialistischen Russland.
Missmutig versuche ich die dünnen Federn an meinem Nackenansatz mit weißen Riesenmaschen zu bändigen. Wir haben keine Gummiringe fürs Haar, nur meterlange Streifen aus halbdurchsichtigem Nylon. Die Kunst besteht darin, sie besonders bauschig zu einem Gesteck zu winden. Der Trost meiner Unvollkommenheit ist Adrian. Er hat abstehende Ohren und wirkt auch nicht glücklich über seine superb glutäugige Schwester. Ich werfe ihm einen mitleidigen Blick zu. Er streckt mir die

lange, gemaserte Zunge heraus, die gut mit seiner Nase harmoniert. Später wird er schlanke Glastürme in New York errichten.

Es klingelt an der Eingangstür unserer Kommunalwohnung. Meine Mutter geht öffnen. Die Nachbarin, Tante Musja, stolpert im Crimplene-Morgenmantel auf den Gang und schimpft hinter ihr her. Sie möchte schlafen, nicht unseren Gelagen lauschen. Ihr Zimmerchen befindet sich direkt neben unseren Räumen, es sind schon zwei Gäste unerwartet und ohne zu klopfen bei ihr eingedrungen, weil sie die Orientierung verloren haben. Die Wände sind papierdünn. Die Gänge verwinkelt und lang.

In einem Schwall merkwürdig scharfsüßen Parfums erscheint Ljuba, die Schwester meines Vaters, mit ihren beiden Töchtern Ninotschka und Lenotschka. Der Raum wirkt augenblicklich überfüllt. Jede von ihnen bringt gut neunzig Kilo auf die Waage. Sie ziehen feierlich im Gänsemarsch hintereinander ein, je ein überladenes Tablett in ihren samtweichen Armen. Alle drei lächeln verführerisch und lüpfen die breiten Stoffservietten. Ein Raunen geht durch den Raum. Ich bin angenehm berührt. Einerseits gibt es jetzt leckere Bäckereien, andererseits bin ich nicht länger das fetteste Kind der Runde.
Tante Ljuba wuchtet sich auf Mutters eleganten Biedermeierstuhl. Sein Aufächzen geht im Gelächter und Geschrei unter. Lubov heißt sie, was auf Russisch Liebe bedeutet, kurz Ljuba. Davon sollte es genug für alle geben. Sie ordnet ihren bunten Seidenschal um die vollen Schultern, küsst Lev, ihren Bruder. Ihr hübsches Gesicht verschwindet in den Doppelkinnen. Wie zwei Putti kleben sich Ninotschka und Lenotschka an sie. Eine ausladende weibliche Laokoongruppe. Fast hätte ich mich dazugeschmiegt. Der angeekelte Blick der Ballerina hält mich gerade noch davon ab. Ich halte inne und gucke ebenfalls abfällig. Fast vierzig Kilo trennen uns.

Gegenüber meinem Vater Lev haben Nathanael, sein jüngster Bruder, und seine Frau Vera Platz genommen. Die beiden sehen aus wie eine misslungene Kopie meiner Eltern. Da Nathanael meinem Vater in allem nacheifert, hat auch er sich einen Bart stehen lassen. Auch er ist Architekt, wie Lev. Wie in der Geschichte vom Hasen und dem Igel ist Nathanael dazu verdammt, hinter seinem Bruder herzuhinken. Was immer er tut, Lev ist schon vorher da gewesen. Seine Lebensgefährtin Vera hat er offenbar nach dem Vorbild meiner Mutter gewählt. Da sitzen beide Frauen jetzt und lächeln einander in ihren violetten, gleich geschnittenen Kleidern unter ihren dunklen Stirnfransen hervor gequält an. Nathanael legt mit Besitzerstolz den Arm um die schmale Schulter Veras, während die schmale Schulter Lauras sich an den groben Strickpullover meines Vaters schmiegt.

Salomon, Levs mittlerer Bruder, schwenkt gerade sein Wodkaglas so heftig, dass die Hälfte des Inhalts über das Tischtuch und den grauen Rock seiner unscheinbaren Gefährtin Lida schwappt. Sie sieht ihn über ihren Brillenrand hinweg kränklich an. Ein Macho ist er. Großnasig ist er und ungewohnt hellhäutig. Der einzige Blonde der ganzen Runde. Seine Augen, so türkisblau wie die meines Vaters, schielen leicht auf seine Nase. Den riesigen Höcker darauf hat er Lev zu verdanken, der vor nun gut fünfunddreißig Jahren in kindlichem Ungestüm mit einer Zeichenschere auf ihn eingedroschen hat. Vermutlich wollte er deshalb weder Architekt noch Maler werden. Er ist Installateur.

Über dem Kamin hängt eine abgegriffene Schwarzweißfotografie im Lackrahmen. Sie zeigt einen gutmütig und blöde lächelnden Mann mit Glatze und Schnapsnase in Armeeuniform. Das ist Onkel Wanja, ein Kriegsveteran, unser Pseudo-Großvater, den die verstorbene Urgroßmutter Riwka im Krieg aufgelesen hat. Er hat meinen Onkel Eduard, meine Mutter und mich großgezogen. Eine versehrte Kriegswaise. Riwkas angeblich nie praktizierte Liebe. Ein Schrapnellstück sitzt, auch auf der grobkörnigen Aufnahme noch gut erkennbar, im Schläfenbereich seines Schädels, halb überzogen von Haut. Seine letzten vierzig Jahre verbrachte er in Frührente, die er, abgesehen von Quartalbesäufnissen mit unserem armenischen WG-Alkoholiker, hauptsächlich in das aktuell zu erziehende Kind der Familie investierte. Er ist schon ein Jahr tot. Um mich zu schonen, hat man mich aber bis jetzt noch nicht davon in Kenntnis gesetzt. Ich bin immer noch empört über seine lange Abwesenheit, die sich in akutem Schokolademangel niederschlägt.

Es wird gefeiert. Sie lachen, weil sie nicht weinen wollen. Sie wissen etwas, das ich nicht weiß. Ich weiß nicht, dass sie wissen, was ich nicht weiß. Dafür weiß ich, was sie nicht wissen: Aus Wut über mangelnde Aufmerksamkeit habe ich noch in der Küche in die große Porzellanschale mit dem Russischen Salat, der mir ohnehin nicht schmeckt, hineingespuckt und sehe nun gebannt zu, wer dem benetzten Teil des Inhalts am nächsten kommt. Der Plattenspieler versorgt alle mit Jazz und Mozart, draußen tobt der Schnee. Drinnen toben die Kinder, die zwangsweise im Zimmer meiner Großmutter ins Bett gesteckt werden sollen.

Längst ist Ljuba, in ihren Pelz gehüllt, mit den dick vermummten Zwillingen im letzten gelben Trolleybus nach Hause gefahren. Wir sollen ins Bett, sonst, droht meine Mutter mit erhobener Stimme und Zeigefinger:

„Sonst kommt der Spaltkopf."

Adrian lacht, Anastasija und ich wechseln unruhige Blicke. Großmutter Ada legt noch nach: Angeblich kann sie ihn bereits gangaufwärts hören.

„Er ist schon bald da. Wenn ihr nicht unter der Decke verschwindet, dann schwebt er über euch und frisst eure Gedanken."

„Er saugt euch die Seelen aus!" Ada öffnet einladend die Tür.

So schnell bin ich noch nie im Nebenzimmer gewesen. Auf meiner Skala des Furchterregenden überholt der Spaltkopf die Baba Yaga, Bewohnerin des Häuschens auf Hühnerbeinen. Ist die russische Hexe im Märchen manchmal auch gut und hilfsbereit, so kann man das vom Spaltkopf nicht behaupten.

Meine Großmutter Ada sagt, er ist ein Geist. Ein im besten Falle unbeteiligter Geist.

Das Abgehobene hat einen besonderen Platz in der russischen Mythologie. Beide können fliegen, die Baba Yaga und der Spaltkopf. Sie verwendet einen Kessel, in dem sie hockt und mit einer Kelle sozusagen in ihrem eigenen Saft umrührt, um so den Flug zu steuern. Der Spaltkopf braucht dazu nichts als menschliche Energie.

„Er hat keinen Körper", flüsterte mir meine Mutter letzten Winter über die knisternde Kerze am Nachtkästchen zu, während der Widerschein ihre Züge zu etwas anderem, Unbekannten verzerrte. Sobald die Flamme sich beruhigte, da kein warmer Atem sie zum Tanzen brachte, kehrte auch ihr Gesicht zu vertrautem Ausdruck zurück, und machte mir keine Angst mehr.

„Er ist unsichtbar." Ihre Augen leuchteten.

„Er ist einfach nur ein großer, schwebender Kopf, der sich über die Menschen stülpt. Und dann... saugt er sie aus. Wenn sie nicht aufpassen."

Ich winde mich vor Anspannung.

„Kann man denn nichts, gar nichts gegen ihn tun?", hauche ich.

„Doch, Mischka, doch!", sagt meine Mutter. „Du musst ihn sehen. Wenn du ihn sehen kannst, hat er keine Macht mehr über dich."

Meine ungeliebten Cousins werden auf einem knarrenden Metallklappbett untergebracht, mit einer Decke aus rauem, mit Bauernzierschnüren besticktem Filzstoff zugedeckt, die aus Onkel Wanjas Soldatenmantel gefertigt wurde. Ekel erregend brav, wie sie nun mal sind, schlafen sie auch nach kurzem Protest tatsächlich ein.

Ich liege wach und versuche angestrengt, Gesprächsfetzen aus dem Nebenraum zu erhaschen. Wir bewohnen nur zwei Räume, im großen leben meine Eltern und ich, im kleineren Ada. Die hohe Flügeltür, die uns trennt, ist leicht geöffnet, durch den Spalt fällt ein schmaler Streifen Licht herein. Während ich horche, verklebe ich meine Wimpern mit Speichel. Nun bin ich ein augenloser Molch, der in der Tiefe seiner unterirdischen Seen keinen Sonnenstrahl kennt und sich nur durch sein Gehör orientiert. Anschließend lasse ich mich vom geöffneten Spalt des Interieurs inspirieren und onaniere gelangweilt. Kurz bevor ich endgültig in einen winterlichen Traum absinke, höre ich noch die donnergleiche Stimme meiner Großmutter, die fordernd verkündet:

„Wer diese Torte nicht isst, spuckt in meine Seele!", und das daraufhin sofort einsetzende Scharren der Löffel auf den Tellern.

Während die einen schlafen und die anderen träumen,
vergeht die Nacht, der Morgen, der folgende Tag.
Sie belügen sich, und das Kind belügen sie auch.
Ich bin davon ungerührt.
Sie halten mich am Leben.
Der Schoß voller Blut, die frischen Spermaflecken auf der Haut.
Das ist die Tinte, mit der ich, ihr Chronist, ihre Leben festhalte.
Sie will vergessen und nicht verzeihen.
Ich vergesse nichts und verzeihe nichts.
Igor. Nicht Israil.
Die Zahl und das Wort und das Wissen.

Vorbei an den Zollbeamten führt mich mein Weg. Mit rotgoldenen Abzeichen und Orden behangen und großflächig grün, erwecken sie feierliche Neujahrsgefühle bei mir. Hinter die Absperrung in Nasenhöhe, in den langen Gang hinein. Wir befinden uns mitten in der Abreise Richtung Westeuropa, nach damaligem Wissensstand des durchschnittlichen russischen Bürgers also an der Grenze zwischen UdSSR und Mond. In unseren Koffern, die ein paar Tage später verloren gehen werden, lagern neben dem üblichen absurden Emigrationskram mehrere kiloschwere Säcke mit Buchweizen, die uns unsere eigentlich antisemitischen Nachbarn aus Georgien in patriotischer Sorge, dass wir in Österreich verhungern könnten, als Abschiedsgabe zugedacht haben. Meine Eltern, begleitet von Großmutter Ada, haben die Wiedergeburt schon hinter sich. Sie stehen in der Halle, die zum Terminal der Flugzeuge führt.

Ich trete in den Gang, an dessen Anfang die heulenden Familienmitglieder versammelt sind, die der Sowjetunion erhalten bleiben. An dessen Ende steht das Licht einer neuen Welt.

Ich habe von alldem keine Ahnung. Der Teufel reitet mich, an diesem

Punkt des Weges kehrtzumachen. Hinter dem Markierungsstreifen bleibt Baba Sara, die kleine Mutter meines Vaters, zurück. Sie steht verkrampft dort, die Finger um die Packung starker Zigaretten geballt, die sie in der üppig mit Rosen bedruckten Tasche ihres Kaftans versteckt hält. Den hüftlangen, immer noch dichten Zopf hat Sara um die Brust drapiert. Mit der anderen Hand versucht sie, die Tränen in ihren violettblauen Augenringen zu verteilen, während sie lächelt, lächelt, lächelt, und mir ab und zu mit nassen Fingern fröhlich zuwinkt.

Ich möchte sie ein letztes Mal umarmen. Baba Sara ist mir so ähnlich, dass ich bereits mit sieben Jahren weiß, wie ich mit fünfundsechzig aussehen werde. Kurz nähert sich die Vergangenheit der Zukunft an, wandern ich als ihre Erinnerung, sie als mein Zukunftsbild aufeinander zu. Die Zeit flirrt. Wenn wir uns berühren, löschen wir uns wie zwei einander entgegenrollende Wellen aus. Es erklingt ein vielstimmiges Aufjaulen auf beiden Seiten. Durchbreche ich die Absperrung, so drohen mir die Beamten den Rückweg vom Himmel zur Erde an.
Ich bremse unter lautem Verwandtengeschrei kurz vor dem Drehkreuz.
Wende mich ab von Baba Sara, gehe langsam wieder zum Ausgang.
Ich blicke nicht zurück.
Ich werde nicht mehr zurückblicken.

Unser Flugzeug hebt ab. Meine siebenjährige Vergangenheit schrumpft hinter mir zur Unkenntlichkeit zusammen, wie Mutters geliebtes selbst gehäkeltes Wollkleid, das unabsichtlich ins Kochprogramm geriet. Wenn ich Glück habe, können meine Puppen beides tragen.
Der elefantengraue Betonverhau des Palasts der Pioniere. Mein Geburtshaus auf der Wassiljewski-Insel, deren Newa-Brücken nachts für die durchreisenden großen Schiffe gehoben werden, um ihre Metallzähne in den frühen Morgenstunden wieder ineinander zu beißen, urtümliche Dinosaurierhälse gegen den dauerrosigen Weißenachthimmel. Verwirrend weitläufige Verwandtschaft. Die Staatshymne im Kindergarten. Wir spielen „Lenin kehrt heim" und verteilen Pappmachéblumen. Die schwarzbraune Schuluniform, deren Ähnlichkeit zum bourgeoisen

Gouvernantenkostüm mir erst nach langer Zeit in Wien bewusst wird. Das Abzeichen des Oktoberkindes steckt noch an meinem Pullover. Die roten Sträuße für die Paraden und die leergefegten Läden, unsere Kommunalwohnung mit ihren mannigfaltigen Bewohnern, Schenya, meine erste Liebe, dessen Nase ich noch vor kurzem aus Eifersucht an einem Baum blutig gestoßen habe. Die Geschichten, mit denen ich gewachsen bin, die mich Abend für Abend in die Zukunft begleitet haben:

Die Herrin des Kupferbergs, die sich in eine Eidechse verwandeln kann und gute Menschen mit Edelsteinen reich beschenkt, während sie üble zwischen den Steinmassiven ihrer Berge zermalmt. Grünäugig ist sie und geheimnisvoll. Die Baba Yaga, die mit ihrem Häuschen auf Hühnerbeinen durch die Sümpfe zieht. Mal hilft sie den Menschen, die sie aufsuchen, weil ihnen nichts anderes übrig bleibt, mal frisst sie sie, je nach Laune, auf. Der Spaltkopf, der sich von den Gedanken und Gefühlen anderer ernährt, ein teilnahmsloser Vampir, aufmerksam, unsichtbar, bedrohlich, hat jedoch etwas unangenehm Persönliches, ein privates Ungeheuer, auf meine Familie angesetzt, maßgeschneidert.

Meine Tante Ljuba erzählt ihren Kindern, im Keller des Hauses stehe eine große Flasche mit einem Höllenhund darin. Nun meidet meine Cousine sogar den Kellerabgang, aus Angst, der Hall ihrer Schritte könnte das Ungeheuer wecken. In ihrem Keller lagern aber nur mehrere Paletten Selbstgebrannter, unter alten Zeitungen versteckt. Dieser Höllenhund – allzeit bereit aus den Flaschen zu fahren – ist in nahezu jeder Kommunalwohnung zu finden. Man hegt und pflegt ihn.

Freund und Feind – alles zerstiebt hinter dem Röhren der Turbinen, das mich langsam in den Schlaf wiegt. Ich bin überzeugt von den elterlichen Reiseangaben: wir fahren auf Urlaub nach Litauen. Der tränenreiche Abschied am Flughafen erscheint deshalb ein wenig überzogen. Im Flugzeug befindet sich ein gleichaltriges Mädchen. Mit ihm gerate ich in wilde Streitigkeiten, weil sie sich erdreistet, mir ins Gesicht zu lügen. „Wir fliegen nicht nach Wien!", sage ich.
Ich soll Unrecht behalten.

Das goldene Papier der im Flugzeug gereichten Mozartkugel ist zu schön zum Zerstören. Die vollendete Form in meiner Hand schmilzt, während ich sie bewundere. Ich werde meine Heimat später hartnäckig suchen, wie ein blöder Hund, den man kilometerweit abtransportiert hat und der beharrlich in die falsche Richtung zurücklaufen möchte.

Als Vorübung lassen mich meine Eltern bereits die Wochen vor der Abreise im Finstern tappen. Während sich die Kartons um mich herum zu türmen beginnen, ist von einem Umbau der Wohnung die Rede. Ich wandle in ihren Schatten wie am Fuße des Turmes zu Babel. Bis heute macht mich der Anblick von unausgepackten Kisten unruhig, sie scheinen ein bösartiges Versprechen zu beherbergen. Bei jedem Umzug häufe ich sie hasserfüllt in unübersichtliche Ecken.

Die Lüge hat einen simplen, gut gemeinten Hintergrund. Ein Täuschungsmanöver für die weniger vertrauenswürdigen Bekannten und für mich, den unberechenbaren Faktor Kind, der in seiner Ahnungslosigkeit bereits einiges Unheil angerichtet hat: Meine Großmutter Ada, die ein paar westliche Austauschstudentinnen unterrichtet, wird von ihrer Lieblingsschülerin ab und an zu Hause besucht. Bei einem dieser Anlässe fällt für mich ein Spielzeug made in USA aus echtem Fell ab. Noch in der folgenden Stunde breche ich Judas das Versprechen, den Mund zu halten. Überwältigt von dieser Gabe des aggressiven Kapitalismus, brüste ich mich vor versammeltem dankbarem Publikum damit.

Wochenlanger Schrecken für die Familie ist die Folge. Die riskanten Privatkontakte zu Ausländern bringen schnell den Verdacht der Kollaboration mit sich. Mit einem solchen Vermerk verringern sich die Chancen, eine Ausreisebewilligung zu ergattern gegen Null. Unsere Wohnung, bestückt mit einem Spionoberst in Reserve mit Pensionsschock, ist zudem ein fruchtbarer Boden für absurdeste Meldungen an die Ämter. Von lähmender Sinnlosigkeit gequält, hockt dieser Held der Arbeit stundenlang vor dem einzigen WG-Telefon und stenografiert alle Gespräche, die ungerührt vor seiner Nase geführt werden, in ein eigens dafür angelegtes Dossier. Er sitzt dort im Halbdunkel und schwitzt moralische Verpflichtung dem Vaterland gegenüber aus jeder glänzenden Pore.

Unsere Wohngemeinschaft beherbergt nicht nur Wahnsinnige, Alkoholiker und brave Leute, aus deren Mitte meine Freundin Lenka und ich stammen, sondern auch eine alternde Geheimprostituierte, Tante Musja, die offiziell die Koordination der Universitätsaktmodelle innehat. Ihr gehört das Zimmerchen neben den zwei Räumen, in denen unsere Familie untergebracht ist. Kinderlos und einsam, stillt sie ihre Bedürftigkeit, indem sie uns Kinder immer wieder einlädt und Naschereien an uns verteilt, gewohnt, ihren Besuchern das Leben zu versüßen. Immer betreten wir ihr Reich mit einer leisen Vorahnung von Hänsel und Gretel. Wir spüren, dass sie eine Ausnahmestellung in der sozialen Rangordnung einnimmt. Gerade noch geduldet, obwohl sie doch sehr freundlich agiert. Das kann man von vielen anderen Mitbewohnern nicht behaupten.

Mal wirft die Manisch-depressive im letzten Korridorzimmer brüllend ihr gesamtes Mobiliar durch das Gangfenster auf die Straße und alle tragen es in stoischer Ruhe am nächsten Tag gemeinsam wieder hinauf. Mal prügelt die Alkoholikerin im küchenseitig gelegenen Kabinett ihren Sohn und wird daraufhin, der Hackordnung folgend, von ihrem Mann geprügelt, um sie wieder zur Räson zu bringen. Und oft auch, weil die letzte Weinflasche leer ist. Im besenkammergroßen Raum unseres Armeniers finden wilde Schnapsgelage statt, zu denen sie wegen ihres schrillen Organs nicht eingeladen wird. Deswegen wird in der Gemeinschaftsküche oft über Zugezogene hergezogen. Wir fünf WG-Kinder fallen weit vom Stamm und lieben ihn heiß, den Armenier, weniger für seinen schwankenden Gang und seine schwankenden Stimmungen, auch nicht dafür, dass man ihn weit gangaufwärts am Geruch erkennen kann. Er arbeitet in einer Spielzeugfabrik. Jeder Skandalrausch wird in den nächsten Tagen reuevoll von einer Geschenkflut an uns Kinder begleitet. Die Aufmerksamsten unter uns lungern oft beim Eingang herum, um ihn gleich bei der Türe abzufangen und zu kontrollieren, ob er mit Wodkaflaschen beladen ist. So lässt sich der

Zeitpunkt der Bescherung besser vorherbestimmen. Ganz zu schweigen vom verbotenen Ort, den drei Zimmern, die unser pensionierter Spion mit seiner schönen, dicken Frau in sowjetischem Luxus bewohnt und die von allen anderen in seltener Einträchtigkeit und großem Bogen gemieden wird.

Tante Musjas Zimmerchen dagegen ist eine rauschige Nippeshöhle, bis an die Decke voll gestopft mit Geschenken ihrer Kavaliere, von einer kleinbürgerlichen Behaglichkeit, die uns fremd ist. Ein Sesamöffne-dich, hinter dessen Pforten Kristalldöschen, mit Bonbons gefüllt, auf pastellfarbigen Plastikschüsselchen unbekannten Inhalts getürmt stehen.

Mit acrylseidenen Zierkissen im Himmelbett voller weicher Daunendecken. Mit Häkelfetzen an jeder erdenklichen Ecke, mit unzähligen Porzellanfiguren, mit einem echten, kuscheligen Pelzteppich, auf den sie besonders stolz ist und den wir nie betreten dürfen.

Eines verhängnisvollen Tages überkommt uns die Anarchie. Vom kalten Regen überrascht und von den mit Überleben beschäftigten Erwachsenen uns selbst überlassen, stürmen wir unbemerkt Tante Musjas Reich, an dessen Schloss wir schwitzend vor Aufregung über eine Stunde herumgewerkt haben.

Mit einem widerspenstigen Klicken der Türe ergibt sich uns der Raum, den wir, verwundert über die eigene Kühnheit, schaudernd betreten.

Alles das, was uns nur zum andächtigen, grifflosen Bestaunen geboten wurde, ist jetzt unser! Anfangs noch zögerlich, überkommt uns bald die Raserei. Wir öffnen Döschen, Lädchen, Konfektschachteln, deren Inhalt wir, bald übersättigt, auf Bett und Boden verstreuen. Kückengelbe Zuckerbällchen rollen über Rüschenleintücher. Wir türmen fliederfarbene Polyamidunterwäsche am Boden auf. Wir werfen eine Schäferin mit Schäfer um, und schieben den Scherbenhaufen unters Bett.

Mit dem Bersten des Porzellans öffnen sich die Tore der Hölle: Wo wir gerade noch bewundert haben, wollen wir vernichten.

Mit Geschrei und jede Vorsicht verlierend, wälzen wir uns nun im Bett, werfen die Kissen durcheinander, dass die Federn nur so stieben, springen auf der knarrenden Matratze bis zum Plastikluster hoch.

Ich setze mich auf den sakrosankten Teppich, dessen Eck von Lenka gepackt wird, und lasse mich quer übers Parkett schleifen, wobei wir die Zimmerpflanzen zum Rotieren bringen. Glücklich und atemlos, werden wir mitten in unserem Treiben von Tante Musja überrascht, die wir in unserer Ekstase nicht kommen hörten. Sie lässt die rot karierte Plastiktasche langsam sinken.

Etwas klirrt darin.

Sie schaut.

Die orangefarbenen Löckchen um ihr Gesicht zittern wie die Schnurrbarthaare einer Katze, und dann schrillt sie los, dass uns das Mark in den Knochen erstarrt.

Leugnen ist zwecklos. Wir sitzen im Auge des Orkans.

Schlitternd und kreischend entweichen wir an ihr vorbei auf den Gang hinaus. Lenka biegt flink ums Eck und ist verschwunden.

Ich schleiche lautlos zurück in unser Zimmer.

Hoffentlich ist Musja damit beschäftigt, das Ausmaß des Schadens einzuschätzen, und sieht mich nicht.

Ich öffne die Tür unseres Hauptzimmers und schlüpfe hindurch.

Hinter mir höre ich bereits das Klicken ihrer Absätze.

Ich verschwinde im Rückwärtsgang auf allen vieren hinter dem mächtigen Schreibtisch meiner Großmutter, bestehend aus zwei geschnitzten dunkel gebeizten Türmen mit Schubladen, mächtig wie Elefantenbeine, auf denen eine schwere Holzplatte mit Filzbezug ruht. Darauf eine Stehlampe, deren nach unten gerichteter Silbertrichter einen Lichtfleck auf den Boden und die Bücherberge malt. Glücklicherweise die einzige Beleuchtung.

Ich kauere in der Ecke im Schatten des rechten Elefantenbeins und höre, wie sie ohne anzuklopfen die Eingangstür aufreißt und hereintrippelt, sehe ihre schiefen, dünnen Beinchen in den abgetretenen Stöckelschuhen zwei Meter vor mir, und halte die Luft an.

„Wo ist Mischka? Wo ist diese kleine Bestie?", schreit sie.

Von ihrer schrillenden Stimme angelockt, gesellen sich weitere Füße hinzu. Die Schnürlsamthosenbeine meines Vaters wandern bedächtig mal hierhin, mal dorthin, immer einen Meter von ihr entfernt, bald begleitet von den violettbestrumpften Waden meiner Mutter und den leicht schief gestellten Füßen meiner Großmutter, der Kunsthistorikerin, die, dem Kommunismus sei Dank, die gleichen Schuhe trägt wie Tante Musja. Sie geraten in Unruhe, mal tanzen sie paarweise, mal einzeln, die Schatten, die ihre Bewegungen verursachen, wandern flackernd über die Decke.

Ich fühle mich wie Anti-Orpheus in der Unterwelt.
Ich darf mich nicht umdrehen und ihren Namen nicht rufen, wenn ich heil und vor allem allein hier herauskommen möchte.
Der Klagetango verlegt sich ins zweite Zimmer. Sie suchen mich!
Ich habe nur die eine Gelegenheit zur Flucht; ich ergreife sie.
Wieder am Gang, bin ich kurz ratlos: wohin nun? Ich kann mich nicht im Klo einsperren, da wir nur zwei davon für 30 Leute haben, sie werden mich kollektiv erschlagen, wenn ich eins davon zu lange besetze.
Wir haben auch nur ein Bad.
In diesem bumst wahrscheinlich sowieso das Ehepaar, das ein Zimmer gemeinsam mit den Großeltern bewohnt.
Mit bis in den Hals klopfendem Herzen nähere ich mich der zweifelhaften Hoffnung: Der einzige Ort, der sicher erscheint und wohin mir garantiert niemand folgen wird, ist die Wohnung des Spions.
Mit dem sicheren Gefühl des unschuldigen Kindes betrete ich unangemeldet die Höhle des Löwen, und siehe da, ich werde freundlich empfangen. So eine Gelegenheit bietet sich ihm nicht oft. Es kommt jemand freiwillig, noch dazu das verdächtige Kind suspekter jüdischer Nicht-Partei-Angehöriger. Man bewirtet mich mit süßem Tee und alten Keksen, man lächelt mir huldvoll zu, man horcht mich gekonnt aus, immer lächelnd, immer ruhig.
Ob unser ausländischer Besuch auch wiederkommt? Wann?
Amerikaner, nicht wahr?
Ich weiß es nicht. Ich weiß nicht, wo mir der Kopf steht.
Ich fühle zwar undeutlich einen Hauch von Gefahr, aber ich kann ihn an nichts festmachen. Die Erwartung drohender Prügel hingegen überwiegt. Ich berichte den Grund meines Kommens. Vor Scham

allerdings etwas verfremdet. In meiner Not wird Tante Musja beschuldigt, mich eingesperrt zu haben. Aus Wut darüber hätte ich ihr Zimmer verwüstet!

Ach ja? Wie interessant.

Hat sie Geld? Wie sieht es denn in ihrem Zimmer aus?

Die falsche Frage.

Lieber nicht zu genau darüber nachdenken, wie es jetzt in ihrem Zimmer aussieht.

Ich schweige verzweifelt in meinen Tee hinein.

Die Spiegelung seiner kleinen, nicht unintelligenten Schweinsäuglein schwimmt darin. Er steht über mich gebeugt und stützt seinen feisten Arm auf meine Sessellehne, den Weg vom Ausgang zum Korridor abschneidend.

Sein Blick weicht nicht von meinem Gesicht. Ich ziehe den Kopf ein wie eine Schildkröte, und bin heilfroh, das energische Klopfen meines Vaters, des tapfersten Familienangehörigen, an der Tür zu hören. Die Empörung über mein Verhalten verleiht ihm noch zusätzlichen Tatendrang. Auch er lächelt freundlich und zerrt mich am Kragen aus meinem Gefängnis. Ich hänge erleichtert in seinem Griff und tausche jenen Schwebezustand im samtenen Oberstniemandsland nur zu gerne mit der sich unterwegs ankündigenden Szene ein: Das Russland der Siebzigerjahre hält viel von schwarzer Pädagogik.

Viel von schwarzer Pädagogik hält auch die Innenpolitik der Regierung.

Naiv, langmähnig und in Glockenhosen stolpert die Künstlergruppe mit Programm gebendem Namen „Die Nonkonformisten" von einer aufregenden Minirevolte mitten in gröbere Schwierigkeiten. Die breite Palette von superben bis verzichtbaren Werken hat einen gemeinsamen Nenner, den vollständigen Verzicht auf jede Ausprägung des Sozialrealismus. Die erste Gruppenausstellung stellt für Leningrad eine einzigartige Veranstaltung dar, die in einem vorprogrammierten Desaster mündet.

Das Kunstpublikum, gelangweilt von gut durchbluteten Bäuerinnen und Fahnen schwingenden Helden, wälzt sich noch vor Eröffnungsbeginn in die Schau. Sensationslüstern. Der Polizist, der von der zaudernden Stadtverwaltung als Sittenwächter eingesetzt worden ist, ist mit der unübersichtlichen Anzahl der Zuschauer überfordert. Inmitten des Sturms und Drangs verliert er die Gleichmütigkeit des Staatsapparatsvertreters und greift hart durch: Von seinen verzweifelten Pfiffen alarmiert, tritt bald eine ganze Milizionärsgruppe auf den Plan, die Schaulustige und Kunstschaffende trennen soll. Der Vergiftung des Volkskörpers durch die üblichen Verdächtigen soll vorgebeugt werden. Ihre Weltsicht ist bekanntlich ansteckend wie die Masern. Die Quarantäne wird notdürftig erreicht durch das Abdrängen der Zuschauer in die eine Hälfte des Raums, der mit einem kleinen Zaun aus Schmiedeeisen und einer ein Meter hohen Mauer ausgestattet ist. Der Milizionär schwitzt, schreit, pfeift und löst unabsichtlich beinahe eine Massenpanik aus. Sein harmlos auf die Inneneinrichtung bezogener Ordnungsruf lautet:

„Zuschauer hinters Gitter, Künstler an die Wand!"

Wenig später wird die Vereinigung verboten. Empört und aufgeregt versammeln die Künstler sich nun heimlich in ihren Ateliers, die keine staatlichen WGs sind und daher den Vorteil haben, sich ihre Mitglieder selbst aussuchen zu dürfen. In eines der Ateliers, ein Kellergewölbe, dunstig und verraucht, werde ich öfters mitgenommen.

Ein altes Wagenrad mit tropfenden Wachskerzen schält sich aus der Dunkelheit der Decke. Auf dem Rad hängen abgenagte Knochen unterschiedlicher Dicke und Länge, mit Schleifchen am Holz befestigt. Misstrauisch schiele ich immer wieder nach oben, um die Knochen an meiner Ellenbogenlänge zu messen.

Immerhin hat mein Vater mit todernstem Gesicht erklärt, wir würden einen Menschenfresser besuchen. Auf meine hoffnungsfrohe Frage, ob dort weitere Kinder anwesend seien, schweigt er viel sagend.

Der Besitzer des Ateliers ist ein dicker, bärtiger Mann, polternd und grob.

Er lacht Donner grollend, dass es im ganzen Raum hallt, und serviert im offenen Kamin gegrillte Schaschlikstangen, deren Fett zischend in die Flammen tropft. Als Gegengewicht zu seiner Erscheinung produziert er manierierte Märchenillustrationen voller pastellfarbiger Landschaften. Ich traue seinen süßlichen Bildern keinen Augenblick. Er scherzt und lacht immerzu. Er ist offen für alle Gäste und Kunstinteressierten. Auf seine Vermittlung erhält mein Vater ein eigenes Aktmodell. Später kommt heraus, dass er ihn bei den Behörden gemeldet hat. Im Augenblick aber ist dieses Atelier einer der wenigen häufig frequentierten Orte der Gruppe. Unter den Arbeiten der Teilnehmer findet sich Abstraktes und Absurdes, Kitschiges und Langweiliges gleichermaßen.

Sie hören die Beatles, sie versuchen, amerikanische Sender zu empfangen. Die Frauen malen sich die Augen schwarz wie einen Abgrund. Sie geben sich im Samisdat hergestellte, verbotene Literatur weiter. Samisdat ist die kommunistische Variante des heimlichen Widerstandes. Nächtelang sitzen die Freigeister an ihren Schreibmaschinen und tippen seitenweise Texte ab, die sie auf diese Weise verbreiten. Die verbotenen Bücher werden aufwändig über die Grenze geschmuggelt. Von Revoluzzern und von Priestern. So kommt es, dass die Bibel sich in der Gesellschaft pornografischer Beatnikschmöker wiederfindet. Vater hat natürlich beides längst besorgt und bewahrt es zur größten Sorge seiner Mutter, die von den Eskapaden ihres Sohnes ahnt, zu Hause auf.

Ein Glück, dass Vaters Sexappeal auch vor seinem Aktmodell, hauptberuflich Spitzel, nicht Halt macht. Ganz unprofessionell verguckt sie sich in ihn und lässt der textilen eine verbale Enthüllung folgen. Baba Sara, Vaters Mutter, hat das Mädchen schon lange im Visier. Sie hat es sich zur Angewohnheit gemacht, ihren Ältesten überraschend in seinem Atelier aufzusuchen, mal um ihm Essen vorbeizubringen, mal um eine unaufschiebbare Verpflichtung – etwa das Einschrauben ausgefallener Glühbirnen im Gang – einzufordern. Oder auch nur, um die Vorzüge seiner Frau in Erinnerung zu rufen. Bei einer dieser Visiten ertappt sie das nackte Mädchen beim Durchwühlen seiner Papiere, während vom Künstler selbst jede Spur fehlt. Die Schöne ist soeben dabei, fleißig ihr Notizbüchlein zu füllen, als der unerwartete Besuch hereinplatzt. Empört knallt Baba Sara den Suppentopf auf die Holzplatte des Tisches. Ihr ist längst alles klar, als mein Vater ihre Warnungen noch immer als Prüderie in den Wind schlägt.

Sie ahnt, dass ihr Lieblingssohn nicht mehr lange bei ihr bleiben wird. Sie beißt die Zähne zusammen und beschließt, tapfer zu sein und ihn ziehen zu lassen. Keiner von uns hat Erfahrung mit Trennungen auf Lebenszeit. Sie hat keine Ahnung, worauf sie sich einlässt. Sie wird ihn niemals wieder sehen.

Diese Begegnung Levs mit dem Geheimdienst ist übrigens nicht die erste, und wird vermutlich nicht die letzte sein. Die Häufigkeit der Begegnungen dieser Art hat auch nichts mit der Wichtigkeit seiner Person zu tun. Im Laufe seines Lebens passiert das jedem Bürger der Sowjetunion vermutlich ein paar Mal, ungefähr so oft, wie der durchschnittliche Europäer nach gewissen westlichen Statistiken die Chance bekommt, an Depression zu erkranken. Man fügt sich ins Unvermeidliche und hofft darauf, wenigstens einen möglichst harmlosen, vielleicht sogar einen nützlichen und beflissenen Eindruck zu hinterlassen. In manchen seltenen Einzelfällen ist es jedoch günstiger, gar keinen Eindruck zu hinterlassen. Gott bewahre, bloß keinen guten. Ist man zum Beispiel das Risiko eingegangen, einen Antrag auf Verlassen des Landes zu stellen, ist man fortan besser leiser als ein Mäuschen und unauffälliger als ein Häufchen Lurch unterm Bett. Das System soll keine Möglichkeit mehr bekommen, einen gewinnbringend einsetzen zu können, nicht einmal kurzfristig. Nicht einmal Projekt gebunden. Wenn diese Projekte etwas mit dem KGB zu tun haben, und sei es die Neugestaltung der Toiletten eines Stützpunktes, dann reicht das womöglich aus, eine Visa-Ablehnung zu bekommen. Menschen mit „relevanten Kenntnissen, die Sowjetunion betreffend", sind von Emigration auf Lebenszeit ausgeschlossen.

Als mein Vater sich noch nicht ausschließlich der Malerei verschrieben hatte, sondern doppelgleisig zwischen Innenarchitektur und seiner Staffelei unterwegs war, kommt es eines Tages im Büro des Architekturzentrums zu einer anderen Begegnung mit dem Geheimdienst. Ein hoch gewachsener Herr im grauen Anzug, auf dessen Brust Abzeichen und Orden in dezenten Farben zwei ansehnliche Reihen bilden, betritt die Szene. Der Herr ist unbestimmten Alters, mit glatt rasiertem, gepflegten Gesicht, exaktem Haarschnitt, dichtem weißen Haar und einem aufmerksamen Blick. Mit diesem Blick röntgenisiert er sämtliche Mitarbeiter, die atemlos vor ihren Arbeitsplätzen stehen und sich überlegen, ob dieser Besuch besonderes Glück oder großen Ärger bedeuten wird.

Der Herr, der sich nicht vorzustellen braucht, atmet den Aufruhr, der in der Luft liegt, genüsslich ein und beginnt einen entspannten Rundgang, bleibt dann und wann stehen, um sich die Arbeitsmappen der Architekten anzusehen, räuspert sich bedeutungsvoll, sortiert einige Mappen aus, türmt sie vor sich am Tisch des Büroleiters auf, und beginnt sie nochmals durchzugehen. Eine Mitarbeiterin hält die angespannte Stille nicht aus und schluchzt auf. Ein Kollege führt sie dezent hinaus.

Mein Vater hat sich nicht von der Stelle gerührt. Er beobachtet, wie seine Mappe bereits einen anerkennenden Blick geerntet hat und nun auf das Häufchen der Auserwählten wandert. Er braucht nur mehr zwei und zwei zusammenzuzählen. Er denkt an seine Visa, die er in drei Wochen abholen sollte. An die bereits gekündigte Wohnung. An das gerührte Lächeln des gepflegten Herren, der eindeutig einen Auftrag zu vergeben hat und das auch als große Ehre betrachtet, eine Ehre, die nur ein ausgemachter Staatsfeind ablehnen würde.

Er hat keine Zeit mehr, nachzudenken. Es gibt nur noch wenige Augenblicke, bis der Besucher den Mund öffnet und die Namen ausspricht. Ohne zu überlegen, stürmt er plötzlich nach vorne. Jemand schreit auf. Vermutlich die sensible Kollegin. Diesmal findet sich keiner, der sie hinausbegleiten würde. Es geschieht Ungeheuerliches.

Die versammelte Belegschaft beobachtet den beliebten Kollegen Lev, wie er ständig an Tempo gewinnend, bei dem weißhaarigen Herrn ankommt und mit seinem Arm ausholt. Das Gesicht des Beamten verzerrt sich in plötzlicher Beunruhigung, er weicht einen Schritt zurück, nur einen kleinen Schritt, bevor sich seine Züge wieder glätten. In dieser Welt ist er der Löwe, nicht das Lamm.

Lev nützt den Schwung, der ihn so halsbrecherisch nahe an den Kontra-henten bringt, und rammt ihm unter einem Aufächzen des Publikums mit voller Wucht den Finger in die Leibesmitte. Die Situation gewinnt etwas vollendet Kasperltheaterartiges, der Besucher weicht in Zeit-lupe zurück und hält sich den Bauch, während der lachende Lev, als siegessicherer Gladiator verkündet:

„Nein, mir gefällt dieser Opa! Wirklich – wirklich!"

Die verdutzten Kollegen kämpfen, um weder lachen noch weinen zu müssen. Sie versuchen, so gleichmütig wie nur möglich dreinzu-schauen.

Mein Vater holt tief Luft.

Bevor er ausatmet, legt der Besucher die Mappen wieder auf den Stapel, ordnet seinen Anzug. Wieder ist sein Gesicht leer und ruhig, unauffällig und konzentriert. Einen unberechenbaren Irren kann der Geheimdienst nicht brauchen.

„Nun ja", sagt er.

„Nun ja. Mir scheint, dass dieser Betrieb keinen geeigneten Kandidaten anzubieten hat." Und er wendet und verlässt den Raum wieder, nicht ohne die Tür höflich hinter sich zu schließen.

Mein Vater rennt aufs Klo und bricht dort zusammen.

2

Ich bin die Tochter des Häuptlings. Mein Vater Lev ist der älteste Mann unserer Familie. Ich kenne keinen, der älter und wichtiger wäre. Ich warte ungeduldig auf das mir versprochene Königreich und auf meinen Prinzen, mit dem ich nicht zu teilen gedenke.

Meine Großväter sind beide nicht mehr am Leben. Die Brüder meines Vaters sind jünger als er, und Onkel Eduard ist kaum je präsent. Irgendetwas hängt schief zwischen Mutter und ihm, messbar in schweigsamem Gekränktsein, in vorwurfsvollen Blicken. Ich komme nicht klar mit ihm.

Onkel Eduard hält Distanz zu seiner Mutter Ada. Mit wachsamen Blicken misst er den Abstand, der sich zwischen ihnen eingependelt hat, um beim kleinsten Verkürzen der Distanz rechtzeitig zurückweichen zu können. Eduard wird der Erste sein, der uns in den Westen folgt. Sein Weg ist beschwerlicher und führt ihn weit übers Meer in die USA. Noch achtet er darauf, die unausweichlichen Feiertage korrekt einzuhalten, also Neujahr, Geburtstag und jetzt unser Abschiedsfest. Er sitzt missmutig mit hochgezogenen, hageren Schultern da, versteckt sich hinter Bart und Brille und ist schweigsam. Das Reden hat er seiner Frau Olga aufgetragen, die einen Schutzwall aus kleinen Erzählungen und Höflichkeiten um ihn errichtet. Seine Kinder umschwirren ihn wie kleine, drahtige Satelliten.

Sein Rückzug begann in einem Krankenhauskorridor, im matten Licht der flackernden Lampe, während er auf dem Metallklappstuhl herumwetzt und versucht, seine langen, ungelenken Jungenbeine in den zu großen Schuhen unauffällig unter dem Sitz zu verstauen. Er blickt auf die geschlossene weiße Glastür vor ihm, hinter der er Schritte hört, ab und zu ein Rascheln, ab und zu das Klirren von abgelegten Metallinstrumenten.

Er sitzt allein da.

Es ist spät, er würde gerne einnicken auf diesem unbequemen Stuhl, den Kopf an die abgeschlagene Wand gelehnt. Wenigstens eine kurze Pause. Neben ihm die elegante Ledertasche seiner Mutter, achtlos auf den Nebensitz geworfen. Sie ist geöffnet, Geldbörse, Papiere und die feinen Handschuhe ragen daraus hervor.

Er ist den Tränen nahe, hat sich aber im Griff, aus Angst, ein Arzt könnte um die Ecke biegen und den großen Jungen aufgelöst vorfinden.

Er beneidet seine Halbschwester einmal mehr um ihr Privileg, zu Hause bei einem Kindermädchen schlafen zu dürfen. Sie wieder wird ihm ihr Leben lang das erschöpfte Ausharren im Krankenhaus neiden. Nein, es kann keinen Frieden zwischen ihnen geben. Auf immer wird sie ihn daran erinnern, dass er übrig ist, dass er seinen Vater verloren hat, während sie mit den übervollen Händen des späten Wunschkindes dasteht und auch noch ihn und seine Zuneigung möchte!

Er lauscht den leisen Stimmen jenseits der Tür.

Er weiß, dass es um seinen Stiefvater, den er gerne hat, übel steht. Er weiß, dass sie die tödliche Krankheit lange ignorierten, der Stiefvater selbst, seine Mutter und alle anderen auch.

Vorgestern erst hat er gehört, wie sie sich nachts unter leisen Flüchen selbst geohrfeigt hat. Sie wird sich noch lange mit den Erinnerungen an diese letzten Wochen geißeln, wird unter Schlaflosigkeit leiden. Das lange Wachen gibt ihr Gelegenheiten, sich quälend zu erinnern. Sich selbst zu hören, wie sie ihn bei ihren Spaziergängen lächerlich macht, weil er nicht mit ihr Schritt halten kann. Ihre gnadenlosen kleinen Streitereien, die sie als die härtere Kämpferin immer gewinnt. Ihre Wut auf sein mangelhaftes Funktionieren, seine Zerstreutheit und Erschöpfung.

Igor. Nicht Israil.

Die Zahl ist das Wort und das Wort ist das Wissen und das Wissen ist Macht.

Wessen Vaters Tochter bin ich?

Sie empfindet Schwindel und Übelkeit, weil dies alles sie an etwas anderes, Frühes erinnert, etwas sehr viel Schrecklicheres, dessen Schatten sie manchmal vorbeihuschen fühlt, das geschickt ins Dunkel verschwindet, wo sie es nicht mehr wahrnehmen kann.
Ich kenne das Schreckliche.
Es gehört ihr; aber sie hat es mir gegeben:
und was ich erhalte, gebe ich nicht mehr her.

Der Sohn fühlt ihre Verzweiflung hinter der dünnen Wand seines Kinderzimmers, das an das eheliche Schlafzimmer grenzt. Deswegen ist er nachts aufgestanden, von der Mutter eilig geweckt, und hat sie hierher begleitet. Im Taxi hat sie sich an seine schmale Kinderhand geklammert wie an einen Krückstock. Während sie hinausstarrt, kämpft er gegen das Verlangen, seine Finger aus ihrer Umklammerung zu ziehen, weil er doch an ihr Halt suchen möchte.

Nicht für den Stiefvater sitzt er hier.
Vorsichtig nimmt er die weiche Ledertasche und stellt sie auf seinem Schoß ab. Dann wird es jenseits der Türe still.
Die Stille ist eindringlicher als all die Geräusche zuvor.
Sie umklammert ihn, kriecht in seine Ohren und benebelt seine Sicht. Er seufzt, er räuspert sich, um sie zu übertönen.
Die Tür öffnet sich.
Ein Arzt begleitet seine Mutter heraus, er führt sie am Arm.
Sie hält etwas in ihren Händen. Ein kleiner schmaler Gegenstand, der metallisch aufglänzt, wenn das Licht der Lampe ihn streift. Er kneift die Augen zusammen und erkennt die Brille des Stiefvaters.

Er steht auf, nimmt die Tasche und geht der Mutter entgegen, bis er auf gleicher Höhe ist wie der Arzt. Dieser wartet ab, löst seinen stützenden Arm von ihrer Schulter und zieht sich unauffällig zurück.
Die Tür, die einen düsteren Raum offen legt, schließt sich wieder hinter ihm. Wieder ist der Gang abgeschirmt und weiß.
Die Stille ist ungebrochen. Der Junge dreht sich nach dem Arzt um.

Er ist allein mit ihr.

Sie löst die in die Brille verkrampften Finger und drückt mit der rechten Hand erneut die seine, bis es schmerzt.

Da weiß er, dass er fliehen muss, wenn ihm sein Leben etwas wert ist.

Die Zahl ist das Wort und das Wort ist das Wissen und das Wissen ist Macht.

Er weiß, dass er der Nächste ist.

Ich bin geneigt, ihm zuzustimmen.

Onkel Eduard scheint Großmutter Ada zu fürchten. So großzügig er mit Ziffern umgeht, so sparsam ist er mit Worten. Sein Arbeitstisch steht in einer abgedunkelten Ecke seines Wohnzimmers, moderne Möbel, dichte blaue Vorhänge. Dort sitzt er auch tagsüber im Licht der Tischlampe, versteckt sich hinter Büchern, Tafeln und Tabellen und ist nie ansprechbar. Ballerina und ich schleichen an der geöffneten Wohnzimmertür vorbei, ihr Bruder bleibt nach der Schule meist im Park.

Mutter ruft ihren Bruder oft an, wird abgewimmelt und versucht es kurze Zeit später erneut. Dann übergibt er den Hörer rasch an seine Frau Olga. Zwischen Mutter und ihm herrscht eine angespannte Atmosphäre.

Tante Olga ist streng. Unter ihren aufmerksamen Blicken vollführt meine Cousine täglich schmerzvolle Übungen vor dem Spiegel. Das ernste Gesichtchen versunken in Musik und Bewegung, mit kleiner, tiefer Falte zwischen den Brauenbögen. Das Kinn der Mutter geht im Takt der Musik auf und nieder. Sie hält sich an der Stuhlkante fest, um die Übung nicht mit der Tochter auszuführen.

Den gleichen prüfenden Blick wird er auch jenseits des großen Wassers auf sich ruhen spüren. Er soll sich nur drehen und Pirouetten schlagen auf dem rutschigen Parkett der amerikanischen Gesellschaft. Sie wird ihm liebevoll aufhelfen, sollte er straucheln.

Ihm eine kleine Unterbrechung gönnen, bevor sie ihn mit einem entschlossenen Stoß in die nächste Runde schickt.

Er hatte dieser sanften Härte bei Ada zu fliehen versucht, um aus der Hand seiner Frau umso lieber zu empfangen, was er der Mutter verwehrte. Er häuft seine filigranen Ziffernkonstrukte um sich auf, fährt Gleichungen aus wie Stachel. Er sieht misstrauisch erst in den russischen, dann in den amerikanischen Himmel.

Das viele Geld, das er ernten wird, wird ihn nicht ruhiger machen.

Er wird Briefe bekommen, erst beleidigende, dann beleidigte, schließlich flehende. Die Mutter verzehrt sich nach ihm. Sie wünscht sich nichts sehnlicher, als diesen schrecklichen Abstand, dieses lange Schweigen endlich zu überwinden, den Abgrund, der sie trennt. Ihr Sohn wird nur selten und sehr herablassend antworten.

Er kennt den Grund ihrer Anhänglichkeit.

Er kennt die Gesänge der beiden Nixen, die ihn liebevoll ins tiefe und dunkle Gewässer locken wollen. Es jagt ihm immer noch Schauer über den nun krummen Rücken, wenn er an sie denkt. An den fordernden und verzweifelten Blick ihrer mittlerweile glanzlosen, schwachen Augen.

Er wird hart.

Er will seine unerwartet gewonnene Freiheit nicht gefährden.

Er weiß, dass er Glück gehabt und einen Dummen gefunden hat, der an seiner Stelle ausharrt.

Die Zahl ist nicht länger seine Zahl.

Ich weiß nichts von der bevorstehenden Trennung noch von der zweiten Chance. In mehreren Jahren erst begegnen wir uns wieder. Ich werde unter italienischen Palmen am Strand sitzen, den roten Wiener Walkjanker im Novemberwind über meine Schultern ziehen und mit meiner Cousine kalte Pizza essen, während die Erwachsenen in angespannte Gespräche verwickelt hinter uns den Sand durchpflügen. Doch das Wiederfinden ist nur kurz. Wir drehen uns wie Paare einer gut einstudierten Choreographie, deren Schritte nur selten zu Berührungen führen. Ihr

Tanz führt sie auf die fremde Erde anderer Kontinente. Später tritt sie in New York an der Metropolitan Opera auf. Dann wird sie heiraten, ihr früh ergrautes Haar nicht färben. Die Tanzschuhe zufrieden in den Schrank stellen. Mit einem Mexikaner in London leben.

Die Emigration ist ein langwieriger Prozess, der widersprüchlich, nämlich abrupt, beginnt, wie der Ausbruch einer Krankheit oder die Zeugung eines Kindes. Der Emigrant bricht auf, als Hans im Glück in die Welt zu ziehen, und landet in einem ganz anderen Märchen. Oft verlangt am Beginn russischer Märchen der mächtige böse Kostschej, dass ihm ein Wunsch erfüllt werde.

Wie bei jedem Terroristen gibt es zwei Möglichkeiten, ihm beizukommen.

Entweder, man geht auf seine Forderungen ein. Dann muss ein Gegenstand beschafft werden, um das Gute freizugeben. Doch wird das Gewünschte nur nebulos umrissen mit dem immer gleich bleibenden Sprüchlein: „Geh nach dorthin: Ich weiß-nicht-wohin und bring mir das Ich-weiß-nicht-was."

Da steht man nun und schaut. Wenn man Glück hat, greifen beherzte und höhere Mächte rechtzeitig ein.

Ausweg Nummer zwei: man beseitigt Kostschej, was nicht minder langwierig werden kann. Seine Seele, die ihn unsterblich macht und die er nach Matrijoschka-Manier in immer kleiner werdenden Tieren oder Dingen versteckt, muss gefunden und vernichtet werden. Überflüssig zu sagen, dass unsere Helden nach mühevollen Wirren und Irren die passende Wahl treffen werden.

Das macht meinen Eltern Hoffnung.

Doch meine Großmutter Ada glaubt nicht an Märchen.

Die Welt ist vergänglich, unsere Familie nicht.

Wir sind unsterblich.

Die Zeit bleibt stehen.

Um uns Luft wie vor einem Gewitter, und ich, die am sehnlichsten auf sein klärendes Hereinbrechen wartet, halte die Lungen kampfbereit gebläht, ohne dass Entwarnung käme. Eingefroren. Die haltbare Familie. Eiskristalle tauchen unsere Gesichter in verführerischen Glanz, die Zehen färben sich indes schwarz. Meine Großmutter führt unseren kleinen Trupp an, der staunend Richtung Ewigkeit unterwegs ist und darauf achtet, nicht von der Stelle zu kommen.

Ich bin unterwegs mit Großmutter Ada. Die Szene ist zeitbeständig. Ich sehe mich mit ihr im Herbst, während die riesigen Bäume der grauen Alleen uns ihre Blätter entgegenschleudern, von salzigem Wind getragen, der direkt vom finnischen Meerbusen zu kommen scheint, über dessen Eis ich mit ihr schlittere, von gleißender Sonne geblendet. Das Eis knackt und ich beiße in meine gefrorene Leberwurst, die an meinen Fingern klebt, während sie mich an der Hand führt, über den angewärmten Staub des Asphaltes der St. Petersburger Boulevards, ihren Strohhut in der anderen, mit im Rücken weit ausgeschnittenem hellem Leinenkleid. Und immer spielen wir.

Wir spielen alles, was sie mich zuvor gelehrt hat: russische Märchen und klassische Literatur, absurd ineinander vermengt und von mir überarbeitet, in etwa folgender Rollenverteilung: Ich bin das kleine Eichhörnchen und sie ist Herakles. Ich bin Margarita, des Meisters Geliebte, sie ist der böse Wolf. Die Bösewichte bekommt immer Ada ab. Meiner Bildung wegen macht sie zähneknirschend mit, bis ich dem Fass den Boden ausschlage, als ich im vollbesetzten russischen Linienbus – und „vollbesetzt" heißt wörtlich, mit der Nase in des Nachbars Magen gedrückt im Stehen von anderer Körper Masse gehalten – Ada stellt gerade Penelope, Odysseus Frau dar, während ich den heimgekehrten Liebsten gebe, der sich noch nicht zu erkennen gegeben hat – mir die kindliche Bemerkung nicht verkneifen kann, ob sie, Penelope sich mit ihren Freiern denn nicht allzu sehr erschöpft habe? Meine Großmutter läuft rot an wie nachts die strahlenden Kremlsterne aus Rubinglas. Sogar der alkoholisierte Revolutionsveteran uns gegenüber wird neugierig. Angestrengt fröhlich posaunt Ada in die Menge hinaus: „Aber bitte. Das ist doch alles nur Kinderspiel!"

Ich irre zwischen meiner Kinderwelt, der Welt der Hochkultur und dem mich umgebenden Proletariat umher, ich habe mich wie das Rotkäppchen vom Wege abbringen lassen. Munter klappert der Inhalt meines Körbchens.

Wer nicht sehen will, muss fühlen, sagen sie.

Sie haben Unrecht.

Die Zahl ist das Wort und das Wort ist das Wissen
und das Wissen ist Macht.

Drei Generationen braucht es, bis Geheimnisse an die Oberfläche
drängen.

Den zweiten Mann haben sie schon entsorgt.

Die alte Frau wandelt nachts durch die Wohnung.

Klein, zart, im wehenden hellblauen Nachthemd.

Der Schlaf meidet sie.

Israil. Nein, Igor.

Sobald sie sich hinlegt, steigt eine vernichtende Unruhe in ihr
hoch.

Hingestrecktsein ist gefährlich.

Wer sich zu lange hinstreckt, steht womöglich nie wieder auf.

Israil. Igor.

Hinter den geschlossenen Lidern entstehen blutrote Schatten,
geraten in Bewegung, versuchen, in konkrete Bilder zu fließen. Sie
muss keine Angst haben, dafür hat sie mich.

Auch wenn sie das bereits vergessen hat.

Igor. Nicht Israil.

Sie brät sich gegen drei Uhr früh die Brötchen zu schwarz. Das
ungesunde Gebäck nagt sie, sitzt auf Polster gestützt in ihrem Zim-
mer, während draußen dicke Flocken durch die Dunkelheit ziehen,
und bückt sich über ein abgegriffenes Kunstbuch, das weit über
ihre Schenkel ragt. An der Rückwand, an der sie lehnt, hängt ein
Bild des Erzengels Michael, den sie mit Marx, dem Gott-sei-bei-uns
vertauscht hat. Tröstend schweben seine ausgebreiteten Schwal-
benschwingen über ihrem sturen jüdischen Kopf.

Wessen Vaters Tochter?

Die anderen schlafen einen unruhigen Schlaf.

Das Kind liegt zwischen seinen Eltern wie vieles andere auch, das
sie zu verscheuchen und verstecken suchen.

Die Nacht ist noch lang.

Der Sohn des Bahnwärters beschließt, Künstler zu werden. Er will Malerei studieren. Da ist er gerade mal fünfzehn. Sein Vater weiß mit solchen Flausen nichts anzufangen. Der Bub wird bei einem Tischlermeister in die Lehre geschickt. Er absolviert sie, zahlt mit zwei Fingern der rechten Hand, verdient sich sein erstes Geld mit wackeligen Stühlen und will trotzdem an die Universität. Architektur akzeptiert der Vater. Er studiert, richtet Häuser ein und will trotzdem Maler werden.

Das, was seiner Frau in die Wiege gelegt wurde, Bildung und Kultur, die Liebe zum Schönen, hat er sich bitter erarbeitet wie das neue Leben danach. Das Leben eines, der eben doch nicht gut genug ist.

Der grobe Bauernbub vom Land.

Er ist besessen vom Erfolg, er will es allen beweisen.

Er giert danach, höher und höher zu steigen, ohne sich verkaufen zu müssen. Er ist ein Träumer. Träumer fliegen gut, aber landen übel.

Die junge Frau ist ein passendes Objekt der Begierde. Stets ist er hungrig genug, weiter zu kämpfen und es ihr beweisen zu wollen.

Nachts, wenn die Alte, die ihn verachtet, so tut, als würde sie schlafen, geht er im Schlafzimmer auf und ab zwischen Fernseher und Ehebett wie ein Pendelschlag, kaut die kurz gebissenen Nägel, die muskulösen Arme in Bewegung, als spürte er, dass er gefangen ist. Der süße Atem seiner schlafenden Frau streift ihn im Vorübergehen. Er dreht die Nachttischlampe an, spürt den Druck auf der Brust, das Kind bewegt sich raunend im Halbdunkel, das Schattenprofil mit runder Babynase malt sich wie ein koboldiger Nachtalb über die Wand. Er rennt und rennt und kommt nicht vom Fleck. Es gibt nur den einen Weg zwischen Esstisch und Bett. Die Lust auf Zigaretten quält ihn. Er öffnet das Fenster einen Spaltbreit. Kalter Dezemberwind pfeift hinein, verbläst die Rauchsäule zu Fäden. Er fährt sich grob durch die Haare, den Bart, er bohrt seine Finger in die Tränensäcke und schiebt sie hin und her. Sie geben ihren Inhalt nicht preis, und so lässt er sich schließlich am Tisch nieder, nimmt sein Skizzenheft heraus und füllt fahrig Blatt um Blatt.

3

Noch befinde ich mich, weit von der Latenzphase entfernt, im Luxus meines Kindseins im Flugzeug Richtung Wien und bin durch mein Nichtwissen geschützt vor all den Plagen, die den Rest der Familie beschäftigen: Großmutter im Ungewissen, Mutter geschwächt von dem illegalen Eingriff am Vortag der Abreise, Vater erdrückt von der Verantwortung für all die vielen Schritte, die er forciert und erreicht hat.

Wir nähern uns dem gelobten Land, die Nase des Flugzeugs senkt sich der Milch und dem Honig entgegen. Ich kotze verschämt Schnitzelreste in meine Papiertüte, während mir Hören und Sehen vergeht. Ausgerüstet mit den zwei Wörtern, die ich mir im Deutschkurs gemerkt habe – Benzin und Wolf – entsteige ich dem Flieger der schönen neuen Welt entgegen.

Meine Mutter verirrt sich mit mir ins elegante Flughafenklo. Ich bin geblendet. Wir werden wie eine streunende Schafherde zusammengetrieben und unter Polizeischutz nach draußen geführt. Wir sitzen in einem stinkenden alten Bus. Draußen patrouillieren Soldaten. Es ist nicht klar, ob sie uns vor etwas Bedrohlichem da draußen schützen sollen oder die Einheimischen vor uns. Ich überlege, was wir falsch gemacht haben könnten. Mir fällt nichts ein. Meine Mutter weint, und ich kann sie nicht fragen.
Mein Vater streitet mit einem anderen Einwanderer um unsere Tasche, die er minutenlang unbeaufsichtigt ließ. Das Wenige, das uns gehört, ist eine Quelle von Neid für die, die noch weniger haben.
Großmutter Ada ist verloren gegangen und löst eine hektische Suchaktion aus. Schließlich entdeckt man sie auf einer Toilette, beim Nachziehen des Lippenstiftes. Warum sie sich nicht gemeldet habe, wird sie von den Beamten angefahren. Sehr langsam wendet sie sich den Männern zu und sucht nach Worten. Sie spricht von Kindertagen an Deutsch. Es ist allerdings schon etwas angestaubt.

Adas Eltern, Inhaber einer eleganten Konditorei am Lermontowskij Prospekt in St. Petersburg, hatten schon vor dem ersten Weltkrieg eine Übersiedlung nach Wien in Erwägung gezogen und eine deutsche Gouvernante für sie gesucht. Ein hageres, strenges Mädchen, das Süßigkeiten und Torten kritisch gegenüberstand.

Das verwöhnte Einzelkind gewöhnt sich nur schwer an ihre herbe Art, an ihr Pochen auf Pünktlichkeit, an ihr unnachgiebiges Fordern von Leistung.

Die ursprüngliche Abneigung weicht aber bald der Faszination für ihren Unterricht. Das Kind erlernt die deutsche Sprache und lernt Märchen aus dem Schwarzwald kennen. „Das kalte Herz" hat es ihr angetan. Sich das Herz aus der Brust reißen, um das Glück zu finden. Trügerisches Glück, trügerische Wünsche und deren Erfüllung beeindrucken sie. Sich das Herz aus der Brust reißen und eintauschen für kühle Ruhe, für Unnachgiebigkeit und Härte. Die Härte der Lehrerin scheint ihr nun gerechtfertigt und sinnvoll, lernt sie doch mehr von ihr als von allen anderen Mädchen zuvor. Bald steht für sie fest, dass Leistung glücklich machen kann, auch eine Leistung, deren Qualität den Eltern verborgen bleibt.

Die sind so emsig damit beschäftigt, Geld zusammenzulegen für ihre Übersiedlung nach Westeuropa, dass sie der Gouvernante, die das Kind auf die neue Welt vorbereiten soll, blind vertrauen. Da weder Mutter noch Vater Deutsch verstehen, können sie die Fortschritte der Tochter weder bewundern noch mitverfolgen. Ada genießt ein Gefühl von Macht. Ein Geheimnis vor den Eltern haben zu können, einen Seitenschritt aus ihrem Alltag zu setzen und in deutsche Bücher abzutauchen. Die Eltern lesen kaum, sie sind praktisch veranlagt, ihre Konditorei ist ihr Ein und Alles.

Die goldenen Lettern über dem renovierten Eingang, „Feine Konditorerzeugnisse", wurden vor kurzem erst eingemeißelt und mit einer Ergriffenheit enthüllt, die der des Moses am Berge Sinai glich. Die Tischchen sind aus weißem und rotem Marmor, blau gepolstert die Stühle, Milchkännchen aus feinem Porzellan, edel bemalt, gold verziert und durchscheinend, wenn man sie gegen das Licht hält. Massiv und königlich dagegen erhebt sich die Theke mit Messingregalen an der

Stirnseite des Ladens. Dahinter beobachten ihre Eltern besorgt die politische Entwicklung.

Nein, nein, es sei unsicher hier in St. Petersburg, munkelt man. Nicht sicher sei es hier. Es gibt entfernte Bekannte, die nach Wien ausgewandert sind, schon vor zehn Jahren. Das wäre anzudenken. Das wäre wirklich anzudenken...

Hier steht Ada nun, fast fünfzig Jahre später. Sie steht in Wien vor dem Spiegel, dessen geschliffenes Glas sie an die Zierspiegel im Verkaufsraum der Konditorei erinnert, vor denen die Torten angerichtet wurden. An den feinen Laden, dessen Auslagen mit kleinen Kunstwerken aus Schokolade und Zuckerwerk dekoriert waren. An die gestärkten Rüschen an den Schürzen der Bedienung, an die eleganten Damen, die sich hier nachmittags zu Kaffee und Kuchen trafen, an die Ehrfurcht gebietenden, maßgeschneiderten Mäntel ihres Vaters, der schon vor ihr einmal hier in Wien war, um sich eine mögliche Bleibe anzusehen, bevor ihn die Revolution einholte. Von der Kutschenfahrt durch die Wiener Innenstadt, die sie nun bald selbst betreten wird, hatte er noch lange geschwärmt.

An alles das denkt Ada, während sie sich vom Spiegel abwendet, hin zu den Uniformierten, die vor ihr stehen, ungeduldig und aufgebracht. Sie wird die Nerven bei ihrem Anblick nicht wegwerfen. Sie tat es damals nicht, und heute erst recht nicht.
Igor. Nicht Israil.

Würdevoll antwortet sie: „Weil ich noch nicht bereit war."
Die Gesichter der Wachleute nehmen einen Ausdruck an, den ich von meinem Vater gut kenne. Das beruhigt mich.

Im Bus zischt meine Mutter Großmutter Ada an:
„Kaum zu fassen! Wegen dem Lippenstift! Fast wären wir nicht mehr mitgenommen worden!"

„Ohne mich wären die nirgendwohin gefahren", antwortet Ada majestätisch.

„Und warum nicht?!"

„Weil ich eben noch nicht bereit war."

Meine Mutter schluchzt.

Vater sieht konzentriert zum Fenster hinaus, die Feuer speienden Türme der Raffinerie Schwechat sind im Dunst des Abends noch gut zu erkennen. Die filigranen Silbergerüste in Rauchschwaden gehüllt, darüber Wolken, in denen ab und zu Vögel auftauchen. Die Unterseite der Wolkenwand glüht, als wäre sie zu tief über die Schlote gezogen.

„Benzin", sagt er zu mir und zwinkert.

Ich horche auf.

Jetzt fehlt eigentlich nur mehr ein Wolf da draußen.

„Die haben Industrie hier", meint er bald darauf fachmännisch, obwohl er keine Ahnung von Industrie hat. Ich drehe meinen Kopf möglichst weit weg von den bebenden Schultern meiner Mutter und drücke meine Rotznase fester an das verstaubte Fensterglas. Großmutter überreicht mir ein Stück Klopapier als Serviette, das sie von ihrem illegalen WC-Besuch mitgenommen hat, und bekreuzigt sich erneut. Die jüdischen Nachbarn hinter uns schauen irritiert. Meine Mutter weint lautlos weiter.

Der Himmel sieht genauso aus wie immer.

Wir warten in einer langen Schlange mit anderen Auswanderern auf die Einteilung durch die Organisation, die uns betreut. Die Schlange ist so lang, dass sie aus dem Haus, in dem sich das Büro befindet, weit in den Garten davor hinausragt, wie eine Anakonda aus einem Salamanderterrarium. Wir sind so viele, und die Retter so wenige.

Unser Ziel ist der schäbige Tisch des Beamten, der uns befragen wird. Die Menschen auf beiden Seiten des Tisches sind gereizt. Eine nicht enden wollende Welle an Klagen, die sich am Gegenüber und an dem auszufüllenden Fragebogen bricht. Keine Buchstaben der Welt können diese Verzweiflung wiedergeben. Was immer auf den Papierbögen festgehalten wird, es ist nicht das, was die Person ausmacht. Unsere Arche Noah, die zu betreten wir uns paarweise angestellt haben, bietet nicht Platz für alle, so geht das Gerücht. Wer immer es in die Welt gesetzt hat, war kein Menschenfreund. Keiner weiß Genaues, darum wird jedes Stückchen Information vom Kopf zum Schwanz unserer Reihe weitergetragen, mit einem Resultat wie beim Stille-Post-Spiel.

Ich spiele um die Wartenden herum, mal links in den Büschen des Gartens, mal rechts am Asphalt des Weges. Das Kind aus unserem Flugzeug ist mit seinen Eltern weiter vorne gelandet, die Schlange rückt bedächtig weiter und der Abstand zwischen uns verringert sich nicht. Wir beobachten uns aus der Ferne, ein Lösen von der Familie wäre undenkbar. Sie langweilt sich genauso wie ich, aber sie ist in der Hierarchie der Wartenden weiter aufgestiegen, bis knapp vor den Eingang, und wirkt überheblich.

Die vielen Fremden sind angespannt, Männer geraten leicht in Streit, an allen Ecken des überfüllten Gartens glimmen Konflikte auf. Schnell ist ein Schuldiger für die lähmende Warterei gefunden. Zwischen den Wartenden geht ein Polizist mit Plastikkorb herum, der Brötchen mit Käsefüllung austeilt. Wurstsemmeln gibt es aus Religionsgründen keine.

Meine erste Begegnung mit Dogmen nicht kommunistischer Natur endet in wilder Aggression. Was ist das für ein Land, in dem man keine Wurstsemmel bekommt!

Ich hasse Käsesemmeln.

Ausgewachsene Menschen streiten sich darum.

Ich komme aus dem Staunen gar nicht mehr heraus, kralle mich in meine Semmel fest und stecke sie dann unter den Pullover.

Sicher ist sicher.

Später, wenn die Butter unter mein Kleid geronnen ist, wird meine Mutter aufhören zu weinen und anfangen zu schreien.

Wir werden in einem zweifelhaften Hotel in Gürtelnähe untergebracht.

Meine ersten Tage in westlicher Freiheit führen in Einzelhaft, ich darf das Zimmer nicht verlassen. Wir essen Kartoffeln mit Butter von Papptellern und zum allerersten Mal Fruchtjoghurt.

„Du wirst es lieben", versprach meine erstaunlich gut informierte Mutter im Voraus, als sie mir noch in Russland von diesem wundersamen Joghurt mit Obst erzählte. Ich spüre, dass diese Liebe sich nun zu verwirklichen beginnt.

Nöm-Mix ist der erste Bote des Westens, den ich in meine weit geöffnete Seele Einzug halten lasse, noch vor der Barbiepuppe. Ich bin mit Österreich versöhnt. Eine Welt, die das hervorbringt, kann nicht schlecht sein. Ich halte meine armseligen Eingeborenengüter bereit, um sie zum Tausch anbieten zu können.

Am Gang des Hotels höre ich Unzweideutiges, Geschrei, Gerangel und Gekicher. Wir liegen, puritanisch zugedeckt bis an die Nasenspitze, nackt im Bett, bis unsere Unterwäsche nach dem Waschen wieder trocknet.

Im Foyer steht ein übel riechender Hundekorb, in dem Hündin und Welpen dösen. In unbewachten Momenten entweiche ich liebeskrank zu den Tieren, um sie an meine brennende Brust zu drücken. In heftigem Begehren beiße ich die Zähne so fest zusammen, dass ein Stückchen eines Eckzahnes ausbricht. Das verschweige ich später aus Angst, Rüffel zu bekommen. Zu oft habe ich meinen Vater beobachtet, wie er mit unruhigem Gesicht im Zimmer herumgeht und sich die Herzgegend reibt.

Wir kennen uns hier weder mit Krankenscheinen noch mit Ärzten aus. Nebenan brüllt die ramponierte Hotelbesitzerin ihren Mann an, er solle, wenn er wolle, mit einer mir unbekannten Galya Sündenfall begehen.

Es sei ihr egal. Ganz egal. Er solle nur. Er würde schon sehen.

Ich finde das neue Spiel lustig und vermisse kaum etwas.

Die Erwachsenen sehen das etwas anders.

Unsere Bücher sind angekommen, unser gesamtes weiteres Gepäck nicht.

Im Radio läuft der Schlager „A lila-yellow Kangaroo", den ich zweisprachig uminterpretiere. In leichter Veränderung heißt es in lupenreinem Russisch, dass eine gewisse Julya ein Känguru gegessen habe.

Ein entwendeter Tannenzweig wird in eine bemalte Rolle Klopapier gesteckt und aufgestellt, um Neujahr zu feiern, das wichtigste Fest im religiös kastrierten Russland. Mir genügt das. Meine Cousine hat mir in der Abflughalle ihre Puppe, nagelneu und tränenfeucht in die Hand gedrückt. Wochenlang hatte ich Neid gelitten und mich jedes Zusammentreffen mit ihr darum gezankt. Das Erstaunen über die Größe des Geschenks sitzt noch wie angegossen. Im nächsten Jahr werde ich, von einer Koalition mit meiner Großmutter gestärkt, Weihnachten einfordern und im übernächsten Jahr bekommen.

Die nächtliche Pracht der Alserbachstraße lässt sämtliche Märchenbücher der Welt verblassen. Wo sollte ich noch unglaublicher hin, bin ich doch schon in der Smaragdstadt! Ungünstig zwar, dass ich mit niemandem am Spielplatz reden kann, aber hatte es nicht auch Alice zeitweise die Sprache verschlagen? Im Park errichte ich meinen privaten Palast aus abgasgrauen Eisplatten, die ich aus dem Ententeich gebrochen habe. Ich bin mir Kai und Schneekönigin in einer Person. Rund um mich zersplittert ist meine Welt, und nun sitze ich da, um die Spiegelstückchen zusammenzufügen, und scheitere unentwegt aufs Neue. Das letzte Teilchen steckt in meinem Auge.

Die Februarkälte ist vertraut, das Herumturnen auf unbekanntem Boden noch nicht. Unverzagt erstürme ich das Spinnennetz des Klettergerüsts. Zurück am eigenartigen Muldenbelag, beobachte ich kreischende Krähen, die über unseren Köpfen am dunkelnden Himmel kreisen. Ich folge ihren Bahnen aufmerksam. Die Töne gehen durch Mark und Bein. Meine Großmutter stellt den dicken Lammfellkragen auf und stampft mit ihren kleinen Füßen im Schnee. Auch sie sieht den Vögeln wehmütig nach.

Ich fühle mich plötzlich beobachtet.

Das Gefühl ist unheimlich, ich blicke mich schnell um. Die Büsche neigen sich im Februarwind, außer uns ist niemand im Park.

Zu spät, zu kühl ist für die Einheimischen, was uns noch mild und hell erscheint.

„Wir sind Zugvögel, Mama", erkläre ich beim Abendessen in unserer Absteige. „Und unsere Briefe sind Schreie."

Sie lächelt nicht.

Sie sieht weg und räumt die Pappteller, die wir schon seit zwei Wochen in Verwendung haben, ab. Vater holt seinen Skizzenblock heraus, spitzt den Kohlestift mit dem Küchenmesser und versinkt in Gedanken. Jetzt ist er lange nicht ansprechbar, auch wenn er reglos und scheinbar abwesend an die Wand gelehnt in seinem Bett sitzt.

Gesättigt sitze ich dann am abgeräumten Esstischchen und werke an meinen Krähenschreien. Ich schreibe meiner verlorenen Liebe Schenya aus St. Petersburg. Ich schreibe von Wien und vom Fruchtjoghurt, ich verpacke die letzten Kaugummistreifen in meine Briefe, ich male ihm den Stephansdom auf, ich nenne ihm lustig klingende deutsche Worte. Er fehlt mir, als ob jemand ein großes Stück aus meinem Körper gebissen hätte, und ich halte diese erste Wunde zu, stopfe die hervorgellenden Erinnerungen zurück. Früher haben wir uns jeden Tag getroffen. Zuerst im Kindergarten, später in der Schule. Ein Tag ohne Schenya ist ungewohnt und verwirrend. Sein ernstes, fein geschnittenes Gesicht erscheint mir manchmal im Schlaf.

Wir tanzen auf dem großen Neujahrsball, ich im weißen Strickkleidchen, das meine Mutter mit Blütenblättern bestickt hat, er im Minianzug und Ekel erregender roter Krawatte. Meine Seidenmasche löst sich in unserem Galopp aus meinem Haar, ich ziehe sie mit wie einen mager ausgefallenen Brautschleier hinter mir her. Wir lachen, wir sind verschwitzt und wissen, dass wir das reizendste Paar im Musiksaal sind.

Das schwarz-weiße Foto liegt neben meinem Kopfpolster. Er führt meine Hand, ich lehne mit meinem Pagenkopf an seiner Schulter, bezaubernder Augenaufschlag inklusive. Ein Standbild aus alten Hollywoodfilmen.

Jeden morgen, wenn ich aufwache, hebe ich es hoch und höre uns auf dem Parkett stampfen, die klatschende Elternwand, in der man in der schnellen Bewegung keine Gesichter mehr erkennen kann, hinter uns, eine dichte Masse von Leibern und Geräuschen.

„Ich liebe dich mehr als meine Mama", sagt er mir, bevor ich zu meinen Eltern zurückkehre.

Offene Arme, wohin man schaut, die Kinder werden stolz in Empfang genommen. Die Kälte und der Wodka haben zur erwärmten Atmosphäre beigetragen. Ich laufe zu meinem Vater und blicke zurück, um Schenya zu seinen Eltern stürzen zu sehen, blicke meinen Vater also gar nicht an, während er mich in seine Arme schließt, die mir plötzlich zu bestimmend, zu groß für mich erscheinen, nicht meine Art, nicht meine Größe. Schenya dreht sich nicht um, seine Mutter hat ihn – Gesicht voran – in ihre Brüste, die von rosaroter Mohairwolle wogen, gedrückt. Ich kann nicht mal seine Ohren herausragen sehen. Sie lacht und wirft den Kopf zurück, ihre roten Locken wippen.

Ihr Mann steht unbeteiligt daneben und lässt den Blick über die Anwesenden streifen, bis er den meinen fängt. Ein Ausdruck der Ablehnung geht über sein Gesicht. Dann wendet er sich ab und verlässt den Raum.

Ich bin verwirrt.

Fünf Tage später streiche ich aufgeregt am Eingang unserer Kommunalwohnung auf und ab, bis mich zahlreiche Nachbarn wieder in das Zimmer meiner Eltern jagen wollen. Ich bin ihnen an der strategisch wichtigen Schnittstelle zwischen Küche, Gang und Treppenhaus im Weg. Immer hat irgendjemand es irgendwohin eilig. Im Kiosk ums Eck gibt es frische Turnschuhe und Bubliki, steinharte Minibagels, an denen man sich die Zähne ausbeißt, wenn man vor dem Verzehr versäumt, sie lange in süßen Tee zu tauchen.

Vor zwei Stunden schon hätten Schenya und seine Mutter mich abholen sollen, um mit mir ins Kino zu gehen, wie noch auf dem Fest vereinbart. Ich habe große Angst, das Läuten zu überhören, wenn ich unsere Tür schließe. Ich lasse sie also offen, bis Ada sich lautstark über den eisigen Zugwind beschwert.

Von rasender Ungeduld getrieben, mache ich mich schließlich allein auf den Weg, als meine Eltern abgelenkt sind. Meine Mutter will ihre wenige freie Zeit zum Malen nützen, mein Vater hat ihr versprochen, mein Nachmittagsprogramm zu gestalten. Nun sitzt er in seine eigenen Studien versunken.

Mit klopfendem Herzen schlüpfe ich ganz allein in meine Walenki, ziehe die zwei Mäntel übereinander, drücke mit vor dicken Stoffschichten unbeweglichen Armen die Eingangstür auf und laufe über die Straße. Der Frost verbeißt sich in meinem Gesicht und raubt mir kurzfristig den Atem. In den Wintermonaten wird es gegen halb drei dunkel. Ich fürchte mich vor dem eigenen langgezogenen Schatten auf der Schneedecke, die die Straßen im Licht der Laternen feierlich glänzen lässt. Schnee knirscht unter meinen Füßen.

Schenya wohnt zwei Häuser weiter. Ich hetze die vertrauten zwei Stockwerke hinauf. Mein Haar klebt sich unter der Pelzmütze an meine Stirn. Im Stiegenhaus riecht es nach angebranntem Fleisch, der Geruch verstärkt sich, je näher ich der vertrauten grün lackierten Tür komme. Ich schlage mit meiner Hand ungeduldig dagegen, als mein Läuten nicht augenblicklich bemerkt wird, und rüttle an der Messingklinke. Schließlich höre ich im Inneren der Wohnung eine Bewegung, Schritte nähern sich, große und schwere. Die Tür öffnet sich einen Spaltbreit, die Kette des Schlosses spannt sich golden in meiner Nasenhöhe. Dahinter der Umriss eines Riesen. Ich versuche über ihn hinweg einen Blick ins Innere der dunklen Wohnung zu erhaschen. Schenyas Vater sieht mich von oben an. Ich nehme meine Mütze ab und atme tief durch. Er sagt immer noch nichts. Irgendwo in der Wohnung höre ich eine zuschlagende Zimmertür. Ich sehe fragend zu ihm auf. Er sagt: „Wir machen heute nichts."

Ich rühre mich nicht vom Fleck, vielleicht habe ich ihn nur falsch verstanden.

Hinter ihm erscheint Schenya, leise und klein wie ein Kobold.

Sein Vater dreht sich einfach um und geht. Schenyas gerötete Augen sehen mich über den gespannten Rand der Kette seltsam an.

„Was ist denn?", frage ich ihn verständnislos. „Hast du Hausarrest?"

„Nein. Ich glaube nicht." Seine Stimme ist so leise, dass ich sie auch aus kurzer Entfernung kaum wahrnehmen kann.

„Und was ist jetzt mit unserem Kino?", wiederhole ich stur.

Schenya schüttelt den Kopf.

„Ich darf nicht mit Juden spielen", sagt er dann leise und verschämt.

„Na und? Sei nicht traurig", tröste ich ihn. „Wir schauen uns den Film halt morgen oder übermorgen an."

Er wirkt so, als ob er noch etwas sagen wollte, ihm aber die Satzteile abhanden gekommen wären, obwohl er sie in Gedanken bereits genau angeordnet hatte. Er öffnet den Mund. Hilflos. Er hat etwas von einem Fisch, der am Trockenen ist.

Drinnen ruft eine Frauenstimme ungehalten nach ihm, Großmutter oder Mutter. Das Essen ist fertig. Schenya schließt die Tür langsam, ich bleibe verdattert stehen. Drehe mich hin zum Treppenabgang. Das Gefühl, in eine komische Geschichte hineingeschlittert zu sein, die auf eine geheimnisvolle Art und Weise mit mir zu tun zu haben scheint, ist nur sehr schwer zu verjagen.

Mit von Kälte geröteten Wangen erscheine ich Minuten später an der Staffelei meiner Mutter.

„Was machst du denn hier?", fragt sie mich verwirrt und spitzt einen hauchdünnen Pinsel mit ihren Lippen.

„Ich dachte, du gehst mit Schenya ins Kino?"

Ein violetter Strich bleibt an ihrem Mund zurück wie ein Siegel.

„Heute nicht. Schenya hat gesagt, er darf nicht mit Juden spielen", erkläre ich ihr.

Sie setzt den Pinsel ab und sieht mich aufmerksam an.

„Vielleicht gehen wir am Samstag", fahre ich unbekümmert fort.

Ich mache eine kurze Pause und begutachte ihr Bild, ein Portrait von mir, das sie letzte Woche, als ich krank war, begonnen hat. Mein festgehaltenes zweites Ich hat ein geschwollenes Gesicht, trägt ein buntes Tuch um die Schultern und handgestrickte Socken mit Blumen darauf. Die linke Socke ist noch grau und weiß vorgezeichnet, ein luftleerer Raum, dem sie erst beginnt, Leben einzuhauchen.

Das schwere Büttenpapier ist voll gesogen mit Feuchtigkeit, die Farbe rinnt und sie hält immer noch inne und wartet auf meine Worte.

„Wer sind Juden eigentlich?", frage ich und streiche lustvoll über die nach Farben geordneten Buntstifte, die einen beweglichen Regenbogen unter meinen Fingerspitzen bilden. „Ich glaube, ich hab sie mal im Fernsehen gesehen. Die singen und tanzen sehr lustig und haben

so geschlitzte Augen, oder?"
Meine Mutter legt den Pinsel weg und setzt sich sehr gerade auf.
„Nein, mein Schatz", sagt sie bestimmt. „Juden, das sind wir."

Nun ist es raus. Das kleine dreckige Geheimnis.
Die geschlitzten Augen macht nun das Kind, obwohl es keineswegs
lustig tanzt. Wenn es wüsste, was noch im Nebel des Schweigens
verborgen liegt, in der tonlosen Übereinkunft der Erwachsenen.
Noch kann das Kind keine Verbindung zwischen diesem seltsamen
Wort und den seltsamen Erlebnissen herstellen, die es schon gesam-
melt hat, und die Großen wollen die ihren nicht mit ihm teilen.
Jeder kämpft für sich und im Stillen.
Die kleinen Beleidigungen, die täglichen Ärgernisse, die Momente
echter Gefahr machen sie schweigsam und gereizt. Die Aggression
wird nach innen abgelassen, denen gegenüber, die denselben
Makel tragen.

Die Mutter kennt die Familie des Freundes besser als das Kind.
Sie weiß, was jetzt geschehen wird. Sie ekelt sich davor und vor sich
selbst. Die Naivität ihres Kindes verursacht unterschwellige Wut.
Der potenzielle Schwiegervater in spe ist ein braves Parteimitglied,
das mittwochs, donnerstags und montags in der Bezirksversammlung
sitzt und vor sich hin döst. Im Wohnzimmer hängt ein Leninporträt
im schmalen Goldrahmen über dem Sofa. Seine Ehefrau stammt
allerdings aus angekratzten Familienverhältnissen. Irgendein Onkel
mütterlicherseits – oder war es ein Cousin? – ist wegen politischer
Umtriebe eingesessen. Der bedauernswerte junge Mann hatte ver-
sucht, US-Sender zu empfangen. Sie muss nun alles ihr Mögliche tun,
um zu beweisen, dass sie selbst nicht vom Zweifel angekränkelt ist.
Eine stramme Sowjetbürgerin ist sie, eine, die in erster Reihe geht bei
dem großen Bezirksaufmarsch, eine die den größten Nelkenstrauß
am Lenindenkmal niederlegt, und damit sie der Bezirksleiter auch
gut dabei sehen kann, rempelt sie noch schnell ein paar Konkur-
rentinnen weg, die wahrscheinlich auch irgendetwas auszubügeln

haben, fanatisch, wie sie sich nach vorne drängen, während die Blaskapelle vor ihnen in feierliche Tonschwälle ausbricht.

Stöße von Briefen schreibt das Mädchen. Ganze Stifte malt sie zu Stummeln nieder, um dem Vermissten ein detailreiches Bild des Westens zu vermitteln. Die Süßigkeiten, die ihr mitfühlende Bürger auf der Straße zustecken, hebt sie auf, um sie zwischen den Zeilen zu befestigen, bis die bunt geschmückten Seiten von zerbröckelten Zuckerschichten zusammenkleben. Sie hofft und sie freut sich vorab, sie weiß, der Freund wird antworten. Wird sie nicht vergessen. So, wie auch sie sein Bild mit sich herumträgt, um kein Stückchen von ihm zu verlieren. Davon träumt, ihn im Sommer besuchen zu können, oder, noch besser: er sie. Das Paket voll kindlicher Sehnsucht wird abgeschickt. Das Kind schaut hoffnungsfroh in die Wiener Lichter des achten Bezirks hinaus und wartet. Die Eltern meiden es. Sie ahnen das Ergebnis des Briefwechsels. Telefonate nach Hause werden oft vom überwachenden Beamten abgebrochen, wenn man undeutlich spricht und dieser dem Gespräch nicht folgen kann. Es ist auch nicht ratsam, Fremdwörter in die Konversation einzubauen. Sobald der Abhörende den Überblick verliert, wird die Leitung gekappt. Also bemühen sich Anrufer und Angerufener, so ruhig und simpel wie möglich zu sprechen, um ein wenig mehr voneinander erfahren zu können und gleichzeitig nichts preiszugeben.

Das Schicksal des Briefes, der mit Zeichnungen von Kirchen und mit deutschen Worten gespickt ist, ist ungewiss. Der Geliebte wird nicht einen Fetzen Papiers in die Hände bekommen, das aus einem Paket mit westlicher Briefmarke stammt. Wenn der Brief überhaupt vom Zoll durchgelassen wird, scheitert er an der patriotischen Mutterhürde.
Die Frau mit Makel wird ihn mit leichenblassen Wangen aus der Post holen, wird verstohlen durch den Märzfrost nach Hause trotten. Sich umsehen, ob jemand sie beobachtet hat, als würde das verräterische Kuvert durch das Kunstleder ihrer Tasche hindurchleuchten. Den ganzen Stapel Briefe samt Bonbons und Aufklebern, den ganzen

gefährlichen Stapel, der alle ihre Bemühungen mit einem Schlag zunichte machen könnte, zu Hause im Badezimmer verbrennen, weil sie nicht wagen wird, einen Mistkübel mit ihm zu beschmutzen. Bevor der Sohn aus der Schule heimkommt, wird sie stundenlang lüften, bis der stechende Geruch verbrannten Kaugummis sich verflüchtigt hat.

„Weißt du, was Sehnsucht ist?", frage ich meine Mutter lauernd.

Sie schließt das Fenster. Draußen dämmert ein milder Wiener Abend herauf.

„Nun?", lacht sie.

„Sehnsucht ist, wenn man sich an zwei verschiedenen Orten lieb hat."

Sie drückt mich in plötzlicher Umarmung an sich, die mich in dieser Heftigkeit erschreckt.

Ich wehre mich und schiebe sie weg.

„Wie Orpheus und Eurydike."

Mutter hält inne.

„Die haben sich verloren", sagt sie dann knapp. „Für immer."

In der Tür dreht sie sich noch einmal um.

„Aber Penelope und Odysseus nicht!", schreie ich ihr triumphierend nach.

Sie runzelt die Stirne und geht. Ich weiß es besser. Nächsten Morgen ist sein Brief sicher da. Übernächsten Abend. Folgende Woche.

Ich warte. Erst entspannt, dann unruhig, schließlich aufgeregt.

Ich schleiche meiner Mutter um die Füße, wenn sie die Post holen geht, wie eine Straßenkatze, bis sie fast über mich stolpert.

Mutter weicht mir aus. Sie sieht mich nicht an, wenn ich sie nach Schenya frage. Ich werde furchtbar böse auf sie, weil sie mir das Gefühl gibt, nach etwas Üblem, Verbotenem zu forschen.

Nach zwei Monaten höre ich auf damit.

Ich höre auf, nach der Post zu sehen. Ich rede auch nicht mehr davon.

Bald schreibe ich niemandem mehr, der in Russland zurückgeblieben ist. Nach einiger Zeit kann ich zum Briefkasten gehen, ohne Herzklopfen zu bekommen. Ich bringe die Kuverts zu meinen Eltern, wende mich ab und lasse sie lesen. Das alles interessiert mich nicht mehr.

Obwohl es in der Sowjetunion zu diesem Zeitpunkt keine Pogrome gibt, ist eine antisemitische Stimmung durchaus gegeben. Sie führt zwar nicht direkt zu Gefahr für Leben und Eigentum, macht sich aber als nicht nur unterschwellige Repression bemerkbar.

Ein langsames Gift, das zwischen Russen und jüdischstämmige Russen drängt. Der frustrierte Sowjetbürger ist der Willkür seiner Führer hilflos ausgeliefert, so, wie es unter dem Zaren auch gewesen ist. Wie zur Zeit der Zaren, braucht man also wieder einen Sündenbock, einen Blitzableiter der Volksstimmung, jemand, den man für all die Missstände verantwortlich machen kann. Obwohl jegliche Religionsausübung nun schon seit vierzig Jahren verboten ist.

Der für das gesamte Elend des Landes öffentlich beschuldigte Jude hat oft außer seinem Nachnamen und dem Eintrag „Jude" im Pass nichts, das ihn mit seiner Herkunft verbindet.

Juden sind schuld an politischen Schlappen, an schlechten Ernten, zu kurzem Urlaub und auch daran, dass der Wodka im Kiosk schon wieder aus ist. Ein riesiges Land, in dem viele verschiedene Ethnien als Sowjetbürger vereint sind – der etwas andere Schmelztiegel eben – spuckt als unbrauchbare Ingredienz all die Schwarzs, Blaus, Grünbergs aus, die ratlos weil geschichtslos, beginnen, sich in ihre eigene community zurückzuziehen, wie jede Minderheit, der der Ausbruch in die Gesellschaft verweigert wird.

Die dichten Vorhänge sind zugezogen, die Lichter der Stadt ausgesperrt. Vorbeifahrende Autos malen wandernde Streifen an die Decke. Der alte Holzstuhl, über dessen Lehne ihr Gewand für den nächsten Tag hängt, wechselt in eine unbestimmbare Zwischenwelt, in der er sich jederzeit in Bewegung setzen und zu einem Untier werden könnte.

Sie hält den Atem an, um es nicht zu wecken.

Die runde Wange in die Kinderhand geschmiegt, drückt sie die Augen fest zusammen, bis die Finsternis des Kinderzimmers in ihre Träume schmilzt.

Ein Teppich unsteter Farbschlieren, mal in schneller, mal in langsamer Bewegung. Sie glaubt, ihre Vergangenheit los zu sein.

Das Foto, das sie umarmt tanzend zeigt, hat sie der Mutter zugesteckt. Diese legt es sorgfältig in die Kartonschachtel zu den übrigen. Festgehaltene Bruchstücke der Vergangenheit. Traurig ist sie, sagt der Tochter aber nichts, zu tief sitzt der eigene Verlust. Zu ruckartig geschah der Riss. Es schmerzt sie, dass ihr Kind die Gesetze der Sowjetrealität auch über die Grenzen hinweg erfahren muss.

Sie weiß, dass es umsonst gewartet hat.

Sie hofft darauf, am neuen Land anwachsen zu können.

Dann wieder quält sie die Vorstellung, es könnte sich nahtlos um sie schließen und sie auslöschen.

Die ersten Briefe mit Tipps und Warnungen der Pioniere aus Amerika trudeln ein. Ein Petersburger Freund und Kollege warnt Vater eindringlich davor, ihm zu folgen, falls er weiterhin als Künstler leben, Maler sein wolle.

Der goldene Westen beginnt wie altes Familiensilber Flecken zu zeigen.

Mein Vater geht daran, die erniedrigende Wartezeit auf das nun angepeilte australische Visum erträglicher zu machen, indem er sich verstärkt seiner Malerei widmet. Er malt auf unseren Betten, da der Raum zu klein dafür ist, am Boden zu arbeiten. Ich begehe unabsichtlich ein spontanes Happening nach bester Wiener Aktionisten-Art, indem ich das noch triefende Bild hochreiße. Umgestaltung total, korrespondiert dieses Geschehnis mit unserem Schicksal: ein kleiner Ruck verwischt alle vorgezeichneten Formen, alles ist in Bewegung und möglich.

Großherzig montiert mein Vater Füße und Köpfe auf die von mir gestiftete Unordnung. Das Bild wird verkauft, ich bestehe auf meinem Anteil und ernte Hohn. Großmutter und Mutter befürchten in der Zwischenzeit meine endgültige Verrohung und zwingen mich, Russisch Lesen und Schreiben zu üben. Das Vorhaben halte ich für völlig absurd, diese Sprache für überholt. Unsere Kräche sind im ganzen Hotel legendär. Ich flüchte mich vor möglichen Prügeln unter die wertvolleren Möbel unserer Absteige. Meine Mutter durchkreuzt meine Pläne und schüttet mir Wasser aus der Plastikvase hinterher.

In zwei Wochen lerne ich alle Kunstmuseen Wiens kennen. Meine Eltern und meine Großmutter Ada hungern nach neuen Eindrücken. Sie erwarten sich von der „Freiheit der Kunst" einen völlig neuen Horizont. Ich beginne die Alten Meister zu hassen. Eine Winterlandschaft. Ein Bauernfest und Kinderspiele. Der Turmbau zu Babel und seine Folgen. Müde, gelangweilt, getröstet nur vom Himbeersaft aus dem Automaten, lungere ich in den Leder bespannten Ruhesofas. Mein leidender Blick aus dem Fenster wird streng von Maria Theresia erwidert.

Die Familie befürchtet, schon bald nach Italien oder Amerika verfrachtet zu werden. Sie kennen keine Gnade, sie wollen diese Stadt so gründlich wie möglich kennen lernen, auf ihre Art und Weise. Ich würde lieber in den Parks und auf dem Flohmarkt auf Erkundung gehen. Allein ein Obststand am Naschmarkt mit seiner Farbenvielfalt fasziniert mich mehr als ein Saal voller Breughels. Die olfaktorische Bereicherung ist enorm, mehr als drei Viertel der angebotenen Waren sind mir unbekannt. Dieselbe aufregende Unruhe, die gleiche Lust zu stöbern und das Erbeutete auf dem Boden sitzend zu verzehren, während ich die Vorbeigehenden inspiziere, nimmt dort noch heute von mir Besitz. Der Ort ermöglicht Begegnung. Würstelbuden, umringt von Junkies, Marktstände bis hin zum nobleren Teil bei der Secession, wertvoll ergänzt durch mittelständische Lokale. Ich probiere heftig aus, ob ich die ganze Meile durchschreiten kann.

Vater treibt ebendort, ohne ein Wort Deutsch sprechen zu können, unsere ersten Wiener Bekannten zusammen und organisiert eine Ausstellung für sich und für meine Mutter. Lustigerweise interessieren sich vor allem linke Intellektuelle für den dem Kommunismus Entsprungenen. Meine Eltern können dem Hauch des Rebellischen nichts abgewinnen. Revolutionär war für sie, geschmuggelte Kopien der Bibel in die Hände zu bekommen. Ihre neue Beliebtheit versetzt die Familie in amüsierte Betroffenheit und grenzenloses Staunen. Ihrer Logik entsprechend müssten sich die hiesigen Roten, die lustvoll ihre Bärte mit dem meines Vaters zusammenstecken, von unserer Anwesenheit hier in den Grundfesten ihrer Ideologie erschüttert sehen, was nicht und nicht passieren will.

Die Galerie erscheint mir prachtvoll und die Menschen darin von großer Schönheit, auch der dicke Besitzer, der mir einen kleinen vergoldeten Elefanten schenkt. Wenn ich ihn ganz fest in meine Faust schließe, spüre ich die weiche, lebendige Wärme des Metalls.

Der Galerist lädt meinen Vater auf einen kurzen Urlaub in sein Wochenendhaus ein. Ich sehe erstmals ein gut situiertes Kinderzimmer mit eindrucksvoller Barbie- und Porzellanpuppen-Sammlung. Als feindliches Heer, ordentlich in Reih und Glied aufgestellt, stieren sie mich blauäugig an, unter dunklen und blonden Stoppellocken hervor, grinsen hämisch wie Edelprostituierte. Ich wage nicht, mit ihnen zu spielen. Ich kippe versehentlich eine um und breche ihr den Arm. Der Vorfall wird von meinen Eltern entweder nicht bemerkt oder gnädig nicht angesprochen. Vor unserer Veranda breitet sich ein künstlicher Teich aus, vorfrühlingshaft vernebelt hängen die Weiden hinein. Gemeinsam mit uns holt alles tief Atem. Der Schnee überrascht uns mit dicken, überdimensionierten Flocken. Ich stürme kreischend hinaus und fühle mich wie zu Hause.

Sie gehen ihren kleinen Gelüsten nach, freuen sich an der Natur, lesen, versuchen zu vergessen, dass dies nur eine kurze Pause ist. Ein hübsches Haus mit Garten, mit freundlich grüßenden Nachbarn, mit gut gefülltem Kühlschrank. Das Wetter ungewohnt mild. In der Gegend gibt es eine verfallende Burg, die ein Künstlerfreund geerbt hat. Vom neugierigen Besitzer eingeladen, unternimmt die Familie einen Ausflug. Eine Burg, die nicht dem Volk, sondern bloß einer einzigen Person gehört, ist schlichtweg unerhört, eine Verschwendung geschichtlicher Wertigkeiten.

Für ebenso dekadent hält ein Bekannter der Familie die zahmen Enten im Wiener Stadtpark. Wenn schon der Westen sich nicht als Schlaraffenland entpuppt, so will er doch wenigstens gebratene Tauben haben. Er liegt also Stunden auf der Lauer, bis er endlich ein zutrauliches Tier in seine Gewalt bringen kann. Er dreht ihm den Hals um, rupft und gart es in der kleinen Küche der Flüchtlingspension. Das Ergebnis ist so zäh wie sein Alltag und bringt ihm eine Menge unangenehmer Fragen der Nachbarn. Das Mädchen folgt der Spur der metallisch grün leuchtenden Federn, die im Gang verteilt auf dem Boden liegen. Die gleichen schillernden Federn, die sie mit ihrer Großmutter sammelt, über die sie mit bebenden Fingern streicht und sich dabei vorstellt, ein solches Wunderwesen im Badezimmer halten zu dürfen. Heimlich. Die Federspur führt sie wie bei Hänsel und Gretel bis an den Ort der Hinrichtung. Die schönen Tiere, die sie täglich im Park bewundert! Die Erwachsenen zeigen sich einmal mehr von ihrer unverständlichen Seite. Grob. Lächerlich. Zu stark.

Sie ist froh, die enge Pension für einige Zeit verlassen zu können.

Im noblen Landhaus sind die Ente und ihr Mörder schnell vergessen, zu vieles andere fliegt und kriecht und ruft hier täglich im Garten und im Wald nach ihr.

Die Ehefrau setzt ihren melancholischtraurigen Ausdruck gar nicht mehr ab, der Mann gefällt sich als einzig Durchblickender, was ihm nachts Schweißausbrüche und eisige Stiche um die Herzgegend einbringt. Dann liegt er stumm neben seiner Gattin, die, durch seine warme Haut beruhigt, von Paris und London träumt, mit einer kleinen Hand auf seinem Herzen, und auch das schirmt den Schmerz nicht ab. Die alte Frau im Nebenzimmer liest die ganze Nacht.

Auf der Suche nach geeignetem Lesematerial durchwühle ich Stapel hart eingebundener Comics. Ich quäle meine Eltern, die die Hefte hassen, mit Bitten um Erklärungen und Interpretation. Ada verdammt diese billigen Machwerke mit fast religiösem Eifer. Schlimmer sind nur noch Hippies, die Zigarettenkippen aus Mülleimern fischen. Selbst eine Peepshow, in die sie sich verirren, erscheint ihr kaum verwerflicher.

Während eines Stadtbummels setzt unerwartet ein Regenguss ein. Die Passanten fliehen in Unterführungen und unter überdachte Vitrinen. Angelockt von roten Lichtern, die sie immer noch an kommunistische Slogans erinnern, landen die drei in unmittelbarer Nähe zu einem solchen Etablissement. Sie haben sich gestritten. Die beiden Frauen bleiben demonstrativ auf Abstand, sie wenden dem Mann den Rücken zu, sie ignorieren ihn, um ihn seine Verfehlung spüren zu lassen. Er steht nun etwas abseits und sieht verlegen nach allen Seiten. Der Türsteher des Etablissements hält ihn für einen schüchternen Kunden und winkt ihn aufmunternd weiter. Der Höfliche, der niemals eine Einladung ausschlagen würde, folgt ihm neugierig, erleichtert, dem vorwurfsvollen Schweigen zu entkommen.
Doch so verletzend kann ein Streit zwischen ihnen gar nicht sein, dass er eine noch so kurze Trennung rechtfertigen könnte. In der Fremde sind sie durch Angstbande aneinander gefesselt.
Wohin der Vertriebene auch geht, die anderen werden ihm folgen, während sie die Nasen hochziehen und ihren Blick arrogant nach oben richten. Doch die Identität ist so brüchig und die Heimat, die sie sich durch Rückversicherung täglich neu unter ihren Füßen bilden müssen, duldet keinen Abfall.
Ein Verräter ist nicht nur Verräter. Er ist Zerstörer.

Zum Erstaunen des Türwächters folgen also dem vermeintlichen Kunden zwei Damen, eine verunsichert, die andere forsch – so forsch, dass sie ihn beinahe überholt, bis sie vor dem ersten eindeutigen Plakat mit einem Ruck abbremst.
Ein Quieken ist zu hören.

Das Machtspiel hat sich unerwartet schnell gewendet.
Die beiden Frauen erstarren.
Der Mann bleibt vor den Glaskästen stehen.
Er macht den Eindruck eines Kunstliebhabers, der Museumsexponate
bestaunt. Nun müssen die beiden Frauen warten, bis er beschließt,
das Lokal zu verlassen. Sie werden keinen Schritt ohne ihn tun,
und er weiß das zu gut, um es nicht zu nutzen.

Der Türsteher in der Mitte des Ganges blickt von einem zum anderen,
überlegt, ob er die seltsame Gesellschaft weiter in das rot glühende
Innere seines Reichs geleiten oder besser sofort hinauskomplimen-
tieren soll, bevor deren Zaudern weitere Besucher abschreckt. Die
alte Dame räuspert sich, halb ärgerlich, halb erstickt. Sie nimmt ihre
Brille ab, um sich vor der Umgebung zu schützen, und dreht diese in
ihren Händen, eine Kompassnadel, die sinnlos nach oben und unten
ausschlägt. Ihr Blick ist starr auf das Gesicht ihres Schwiegersohns
gerichtet, und, obwohl er weiß, dass sie statt seinen Zügen nur
eine verschwommene Oberfläche wahrnimmt, senkt er die Augen
und beginnt zurückzuweichen.

Misstrauisch beobachtet meine Großmutter mich, die früh den Drogen
des Westens zu verfallen beginnt, um mir dann naserümpfend einen
Dostojewski neben meinen bunten Comics-Stapel zu legen. Wir durch-
leiden den amerikanischen Traum von Donald und Mickey, ohne ihn
begreifen zu können. Später kommt mein Vater hinzu.
„Schau mal", eröffnet er seinen Feldzug, „schau nur, wie schlecht die
Figuren gearbeitet sind."
Ich schweige.
„Die Linienführung ist nicht aussagekräftig."
Mickey Mouse lacht mich verschwörerisch an.
Ich schwanke.
„Die Gesichter sind eine Schablone, die haben immer nur einen Aus-
druck, alle gleich."
Endlich. Alle gleich.

Die Guten grinsen, die Bösen haben alle Bartstoppeln und dunkel abgetönte Gesichter, das reicht mir. Mein Vater kratzt seinen eigenen dunkel abgetönten Bart, während er die Seite umblättert.

„Mischka, das ist doch keine Kunst."

Er legt Block und Zeichenstift neben mich, direkt neben Adas Buch, das ich schon mit dem Ellbogen beiseite geschoben habe. Ich seufze tief, ergreife sie und beginne Mickey zu zeichnen, sobald er den Raum verlassen hat.

Vaters Ausstellungseröffnung wird von einem Albtraum begleitet. Er erwacht darin in Unterwäsche im Ehebett, in dem er seltsamerweise alleine liegt, um plötzlich festzustellen, dass er sich samt Untersatz im Ausstellungsraum befindet. Damit nicht genug. Aus dem Nichts erscheint US-Präsident Carter, begleitet von einem Tross Journalisten im Blitzlichtgewitter. Er inspiziert die präsentierten Werke, nähert sich dem Bett im Zentrum, stellt die verhängnisvolle Frage nach der Profession. Wahrheitsgetreu bestätigt mein Vater, Maler zu sein. Präsident Carter schweigt, seufzt, kratzt sich am Kinn, um dem Verdutzten kurz vor dem Verschwinden eine völlig neue Arbeitsrichtung zu bedeuten:

„Wissen Sie, wir haben da auch noch andere Berufsbilder in Amerika für zugewanderte Künstler: zum Beispiel Straßenkehrer."

Schweißgebadet und schreiend, dass er nie im Leben nach Amerika wolle, fährt er aus dem Schlaf. Die Ausstellung, mit kleinen Zeitungsberichten gewürdigt, wird ein Erfolg. Mein Vater verkauft mehrere Bilder. Laura zwei Portraits. Das verändert unser Leben so unerwartet wie die fließende Tusche das hochgerissene Bild.

Wir können bleiben.

Plötzlich bemerkt mein Vater Wiens Ähnlichkeit mit Petersburg. Er hat bereits Heimweh, das ihn zeitlebens nicht mehr verlassen wird. Es flüstert ihm täglich zu, dass er sich hier ja noch in greifbarer Nähe zu den Seinen zu Hause befinde. Von seinem ersten Besuch in St. Petersburg nach dem Fall des Eisernen Vorhangs wird er nicht zurückkehren.

Ich besuche nun die Volksschule. Allerdings habe ich in Russland nur zwei Wochen in die erste Klasse hineingeschnuppert. Kaum war unsere bevorstehende Ausreise der Schule gemeldet worden, werde ich als Made im gesunden Volkskörper angesehen und entsprechend behandelt, und meine Mutter entschließt sich, mich bis zu unserer Abfahrt wieder nach Hause zu holen. Als klar ist, dass wir länger in Österreich bleiben werden, bin ich bereits acht und im Verzug.

Doch für das Überleben lernen wir.

Um keine Zeit zu verlieren, stecken mich meine Eltern sprach- und fassungslos mitten im Schuljahr in die zweite Schulstufe. Der Sprung ins kalte Wasser per Arschtritt beschleunigt. (Später werde ich diese Disziplin zu meinem liebsten Hobby erklären.)

Die uniformlose Klasse identifiziert mich sofort als Außenseiterin. Im Unterschied zu den türkischen und jugoslawischen Kindern habe ich zwar keine Rotte und keine gemeinsame Sprache, hinter der ich mich verstecken könnte, dafür aber den höheren sozialen Status als Exotin.

Da ich mich aber leicht erkälte, bindet mir meine Mutter oft ein Kopftuch um, eine Schmach, die jeglichen Vorsprung wieder annulliert. Ich setze meine letzte Kraft darauf ein, schnell besser Deutsch zu sprechen als die anderen, und nütze jede Gelegenheit, mich von ihnen zu distanzieren. Im Verlauf meiner Schullaufbahn werde ich erbitterter Minderheitenhasser. Ich will meine Verachtung mir selbst gegenüber möglichst billig an andere abstoßen.

Bei meinen Eltern beklage ich mich, geplagt von selektiver Wahrnehmung, dass das hiesige Volk sehr blond sei, ganz im Unterschied zu mir. Mein Charme, auf kleine gebildete Erwachsene zu machen, hat hier keinen Wert. Ich muss völlig neue Strategien entwickeln, versage aber bereits am äußeren Erscheinungsbild.

Meine erste österreichische Freundin ist Schwester von vier weiteren Kindern
und lebt in Gesellschaft dutzender Tiere: Hunde, Katzen und eine eigene Wellensittichzucht, alles auf etwa 50 Quadratmetern. Ich begreife nicht,

dass auch sie einen Sonderfall darstellt, und gehe davon aus, dass die Einheimischen die überzeugtesten Tierliebhaber sein müssen.

4

Wenn ich die Augen schließe, hineintauche in die rote Dunkelheit dahinter, sehe ich sie als unreife Schatten herumstreunen. Kleine, große, halbfertige Umrisse im Dämmerlicht des Morgens oder in meinem Dämmerlicht der Erinnerung, so unscharf und ungreifbar wie ihre Körper, verstreut über die Müllhalden der römischen Vorstadt.

Vielleicht höre ich sie sogar mehr als ich sie sehe. Ich kann das Rascheln des weggeworfenen Papiers unter ihren suchenden Schnauzen hören, das Knistern der Plastikstücke, über die ihre Pfoten scharren. Ich kann ihren stoßweisen Atem hören, der in der ungewohnten italienischen Hitze schneller und schneller wird, auch aus Verzweiflung und der ungeheuren Anstrengung, die daraus erwächst, wenn man vergeblich und hartnäckig einen Weg zurück sucht. Einen unmöglichen Weg zu einem Ort, der nicht mehr ist, jenseits des Raums und der Zeit, unerreichbar verschwommen in der Vergangenheit, und wenn mich bei dieser Erkenntnis die erste Welle der Trauer erreicht, zaghaft zunächst, sanft anwachsend, verstehe ich den Ausdruck seiner Augen, als er mir schaudernd von ihnen berichtet, von den Hunden von Ostia, die eigentlich wir sind.

Hunde jüdischer Emigranten, Reinrassige und wild Gemischte, mitgebracht aus Russland. Sie reisen mit ihren Herren über Wien bis nach Italien. Sie sind Teil großer Familien, die sich von vielem trennen mussten, aber auf ihre Gesellschaft nicht verzichten konnten. Sie sind Lebensbegleiter derer, die den Weg auf eigene Faust wagen.

Beim Verlassen der Sowjetunion verwirkten ihre Besitzer alle Rechte. Die Tiere wurden, wie viele andere Habseligkeiten oder Kunstgegenstände auch, Eigentum des kommunistischen Staates und mussten freigekauft werden. Der Besitz war aber nicht das Einzige, das man beim Verlassen des Landes aufgab. Üblicherweise wurde einem auch der Pass abgenommen, da man mit dem Verrat an der Idee nicht länger Mitglied des Vereins sein durfte. Wie bei einem Golem, dessen Lebenskraft durch das Zeichen bewehrte Pergament, das in seinen Mund geschoben wird, gespeist ist, zerfiel damit die alte, offizielle Identität zu einem Häufchen Staub. Mutlose Heimkehrwillige biwakieren am goldenen Gartenzaun der sowjetischen Botschaft im Schnee, in der vagen Hoffnung, eine Rückreisemöglichkeit zu ergattern, so wie die Lehmriesen gezwungen sind, nach Entfernung des Papiers zu ihrem Herrn zurückzukehren.

Ohne die magischen Schriftzeichen und Siegel, bar jeder Rechtslage und Ansprüche segeln nun Hund und Herr ihrer ungewissen Zukunft entgegen. Die nächste Grenzüberschreitung bringt etwas Klarheit in die Unordnung:
Der Hund bekommt ebenso wie seine Gefolgschaft seine Staatenlosen-Papiere ausgestellt, wird Teil eines Flüchtlingsklumpens und in einem dafür vorgesehenen Quartier untergebracht. In Wien lagern noch alle gemeinsam in Quarantäne.

Da fällt mir ein, dass ich selbst bereits einmal in Ostia gewesen bin, in der grauen Gischt des Novembermeeres am Strand herumlief und kalte harte Ballen getrockneten Seetangs zwischen meinen Fingern zerrieb, der wie Stroh vom Wind davongetragen wurde. Ich liebte sie, diese eigentlich trostlose Gegend, mit verstreuten kleinen Bungalows, baufällig, elend, farblos wie dieser verhangene Morgen, den ich mit Anastasija, meiner verwirrten Cousine teilte. So gestaltet sich unser Abschied für die nächsten 13 Jahre. Ihre Familie ist der meinen gefolgt und hat dabei die ausgetretenen Trampelpfade nach Wien verlassen. Im Handumdrehen waren sie von Leningrad – das seinerseits später im Handumdrehen zu St. Petersburg mutierte – bis ins große, ehemals römische Reich gespült worden, wo sie nun im feuchten Wind Ostias an den russischen Herbst dachten, der sie bereits mit Schnee und Eis versorgt hätte.

Wir wiederum sind hierher gekommen, um sie nach Amerika zu ver-abschieden. Wir bleiben an der ersten Wasserscheide zurück. Meine Augen, bis dahin nach hinten, nach Russland gewandt, bekommen einen neuen Blickwinkel hinzu: es ist für alle weit, aber für manche noch weiter.

Verwinkelt ist es auch zwischen uns Kindern. Wir schlafen zusammen am Sofa und schweigen tagsüber. Wir sehen uns nicht an, während ihr langes schwarzes Haar in mein Gesicht weht. Wir scharren im italienischen Sand, im Versuch, Halt zu finden. Ich bin weit gereist und erfahren. Meine beiden Cousinen Ninotschka und Lenotschka habe ich bereits in Russland abgeschrieben und ich werde mich nicht scheuen, auch diese hier zu opfern. Die schöne Primaballerina, deren tägliche Streckübungen sie vor Schmerzen in Armen und Beinen bewahren sollen, gedrillt und in Form gezwungen in den russischen Kaderschmieden, ist mir immer noch Anlass von Neid. Dieses perfekte Schneewittchen ist mir von zartem Kleinkindalter an ein Ärgernis, umso mehr, als ich den vernichtenden Blick ihres Vaters zu oft auf mir ruhen spüre.

Wieder huschen sie vorbei, die Hunde. Sie wühlen und suchen, sie graben und scharren, sie haben keine Wahl, sie wollen leben. Die Attraktiveren von ihnen, die mit Stammbaum, werden mit großer Wahrscheinlichkeit von Römern, die mitbekommen haben, wo sie zurückgelassen werden, aussortiert und abgeholt. Ganze Gruppen pilgern jedes Wochenende, wenn der Abtransport der Immigranten eingeteilt ist, in die Vorstadt hinaus.

Ich bin eine Promenadenmischung. Meine tanzende Cousine wird mit Baryshnikov auftreten und ich inmitten einer versoffenen Punkhorde auf der Pilgramgasse landen.

Die nächste Teiletappe der Reise ist Italien. Hier warten die Visa-Antragsteller auf ihre Bescheide. Von hier gibt es nur zwei Destinationen: nach Israel oder nach Amerika. Die Versorgung durch die Hilfsorganisationen ist nicht so lückenlos und straff organisiert wie in Wien. Das zusammengesparte Reisegeld geht spätestens hier zur Neige, und viele Reisende sind gezwungen, auf das nicht Nötigste zu verzichten.
Das Nötigste aber ist die Liebe.

Um sich nicht von ihren Hunden trennen zu müssen, sind sie, je nach Wartezeit, bereit zu hungern. Diese kann sich aber unberechenbar in die Länge ziehen. Die Vorräte nicht.

Haben sie lange genug ausgeharrt, bis sie die Visa bekommen, folgt die nächste Ernüchterung. In jedem Falle nämlich ist das Geld für die Einfuhrgenehmigung der Tiere nach Amerika nicht vorhanden. Die Hunde, mit großer Mühe bis nach Rom gebracht, können unter keinen Umständen mitgenommen werden. Den Verzweifelten bleibt nichts anderes über, als sie in den Vororten auszusetzen, bevor ihr Flug geht.

Die Gegend gewinnt so jede Woche einen Schub neuen Lebens. In Scharen strömen die Hunde auf die Mistplätze und in die Hinterhöfe. Sie suchen Futter, sie suchen ihre Herrchen und ihr Zuhause. Sie irren in der Mittagssonne umher, die klare, harte Schatten ihrer Leiber auf den Asphalt wirft, schwarze Umrisse, die in meinem Halbdunkel wiedererstehen, um immer wieder von Neuem in unruhige Bewegung zu geraten.

5

Unsere Wohnung wirkt wie aus St. Petersburg geschnitten, und meine Familie besteht stolz darauf, all ihre russischen Eigenheiten zu bewahren. Wie ein bolschewistisches Bollwerk trotzen sie den Spielregeln der Neuen Welt, ohne auf meine Dolmetschdienste und Orientierungshilfen verzichten zu können.

Wie Napoleon im russischen Winter sind wir bereit, auszusitzen, um das fremde Land in die Knie zu zwingen. Der Ausgang unserer Anstrengungen ist vorhersehbar. Mich spreizt es immer bedenklicher. Die Kontinentaltafeln, auf denen ich mit je einem Bein stehe, driften auseinander und ich stelle bedauernd fest, keine Meisterin des Spagats zu sein.

Großmutter Ada und meine Eltern sehen meinen Erkundungsausflügen in die fremde Welt misstrauisch aus der Entfernung zu. Am liebsten würden sie mich beim Betreten der Wohnung desinfizieren wie einen zurückgekehrten Kosmonauten. Ich bestehe auf einer Jeansjacke mit E.T.-Anhänger und löse Entsetzen aus. Ich bin zwölf und sehe aus wie fünfzehn. Mein Vater, eigentlich liberal und offen, fällt ins tiefste Patriarchat zurück. Meine sprießende Weiblichkeit bringt ihn um seinen ersehnten Nachfolgersohn, der ich mich bis dahin mit Erfolg zu sein bemüht habe. Alle Freiheiten, die mir bisher gewährt wurden, werden von meiner Periode hinweggeschwemmt. Plötzlich darf ich abends nach acht Uhr nicht mehr allein auf die Straße. „Anständige Mädchen tun das nicht." Ich bin fassungslos.
Freiheit, haben sie mir doch erklärt, sei das höchste Gut. Für die Freiheit sei kein Preis zu hoch. Für die Freiheit hätten wir unsere Heimat geopfert und unsere Sprache. Für die Freiheit, sagte Lev, habe er mich hierhergebracht.

Ich stehe wütend vor dem Spiegel und höre den Schlüssel im Schloss des Kinderzimmers knirschen. Rapunzel hatte es besser als ich. Ich hasse die Haare, die unter meinen Achseln sprießen, jedes einzelne muss büßen. Ihretwegen werde ich eingemauert. Der dunkle Flaum an meiner Scham ist ein Vorbote meines Versagens. Ein Machthaber hätte ich werden sollen, ein Thronfolger, ein Prinz!

Mit schmerzverzerrtem Gesicht rupfe ich ein paar der längeren Härchen aus. Schlage halbherzig auf die nachgebende neue Haut ein. Diese widerwärtigen Hügel, die frech aus mir hinausknospen, ohne sich darum zu scheren, ob sie willkommen sind, und die ich in alte, ausgeleierte BHs meiner Mutter zwänge, ekeln mich an.

Sie steht mit dem Schlüsselbund in der Hand mit angehaltenem Atem im Gang an der Tür und horcht, was die Tochter im Zimmer dahinter anstellt. Am Ende des schmalen Ganges, hört sie auch den Mann hinter der Türe des Schlafzimmers stehen. Die Dielen knarren, wenn er sein Gewicht von einem Bein aufs andere verlagert.

Sie weiß nicht, ob sie seine Eifersucht mildern soll, ob die Tochter mehr dürfen soll als sie selbst. Sie zählt die Blicke, die er dem erwachenden Mädchen nachwirft, und wirft sie in das Schmuckkästchen vorangegangener Beleidigungen.

Nachts hört sie sein gedämpftes, heiseres Flüstern nahe an ihrem Ohr. Ein Fehler sei es gewesen, ein Fehler! Bald ziehe die Tochter mit den Nichtsnutzen um die Häuser, beflecke sie, beflecke alles. Ziehe ihnen die Ehre von den Knochen. Sie umarmt ihn zaghaft, er schüttelt ihre kühle Hand ab, schlägt auf den Kopfpolster, sie schreckt zusammen. Da dröhnt schon wieder diese dümmliche Musik aus dem Zimmer der Tochter! Sie erinnert ihn daran, dass es die Beatles sind, die auch er gehört habe. Ob er es nicht mehr wisse. Er ist stur. Das sind nicht die Beatles. Das ist Schund.

Er atmet mit üblem Atem aus. Sie rümpft die Nase. Er riecht bitter nach Rauch und altem Kaffee. Sie dreht sich um. Sein struppiger Kopf erscheint an ihrer Schulter. Sie schließt die Augen. Sie wartet lange, bis sie es ausspricht. Ob er die Tochter schöner finde als sie?

Er springt unerwartet auf und stürmt Türe knallend in die Küche, in der er Stunden sitzen wird, vor sich die Schale mit Kaffee, bis die Alte, von anderer Unruhe getrieben, seine nächtliche Meditation stört, ihm einen vorwurfsvollen Blick zuwirft, ihrerseits Kaffee holt und schweigend ihm gegenüber Platz nimmt, um ihn durch ihre bloße Anwesenheit wieder ins Bett ihrer Tochter zurückzutreiben.

Jetzt steht die Ehefrau regungslos vor der Kinderzimmertür, drängt die Erinnerung an das verzweifelte Schnauben im Schlafgemach zurück, und horcht auf die Geräusche der beiden Opponenten, die sich hinter verschlossenen Türen auf ihr Warten konzentrieren, den Schlüssel wie einen Zauberstab erhoben. Sie wüsste nicht, was sie sich wünschen sollte und lässt ihn wieder sinken.

Unberechenbar ist das Kind, eine Naturkatastrophe. Bald könnte ihre eigene Schönheit verdrängt, in Frage gestellt, vernichtend beurteilt werden. Sie hört das Mädchen fluchen, irgendetwas fällt und splittert, sie zuckt zusammen und hofft, dass es nicht der Spiegel war.

Meine Mutter reißt die Tür mit heftigem Ruck wieder auf. Ich habe einen Schuh nach dem Schrank geworfen, der an der Wand befestigt ist. Durch die Erschütterung rutscht der Spiegel aus der Halterung und zerschellt am Boden. Ich grinse sie triumphierend an: die Tür ist offen, ich stehe mitten im Unheil.

Sie schaut traurig und beleidigt aus, ich will sie trösten und wende meinen bösen Blick von ihr ab, hin zu den vielen Gesichtspartikeln, die mich vom Boden her anstarren.

Sie zieht einen Schmollmund und sagt:

„Jetzt hast du sieben Jahre Pech."

Es dauert lange, bis ich begreife, dass diese Veränderung endgültig ist. Dann beginnt erneut ein zäher Krieg. Ich habe die schlechteren Karten. Die nächsten Jahre verbringe ich eingeschlossen im Turm meiner aufblühenden Fettleibigkeit an Schreibmaschine und Staffelei, in fremden Sphären komplizierter phantastischer Romane, die alle Helden ohne Eltern aufweisen. Ich schneide meine Haare ab, um die mich alle Mitschülerinnen beneideten.

Meine Klassenkolleginnen gehen schwimmen, ich sitze mit feuchtem Höschen bei Sonnenschein im abgedunkelten Raum und tippe meine Leidenschaft auf endlose Bögen Thermopapier. So wie mich zuvor das Heimat- und das Immigrationsland zum Balanceakt zwangen, begehe ich nun eine Gratwanderung zwischen den Welten der Erwachsenen und der Jugend. Der Duft erwachender Sexualität weht schwach in meine Gefilde. Diese zweite Immigration trete ich lieber gar nicht erst an. Ich wage den Absprung nicht, ich kralle mich am Rand der Kindheit fest, während kleine Steinchen in den Abgrund bröseln, und warte auf die helfende Hand, die nicht kommt. Also komme ich auch nicht. Ich darf nicht kommen. Die Ekstase würde mich weit von den Meinen fortspülen, das wissen wir: ich und die anderen. Mit vereinten Kräften drücken wir den Deckel auf den brodelnden Behälter und hören dem Grollen innen zu.

Gierig stopft das Kind sich Schokolade in den Mund. Feuchte, süße Schwüle auf der Zunge. Die einzige Lust, die ihr erlaubt ist. Dieses Haus duldet keine Lüste.
Der Mann hat sich weit von seiner Frau entfernt, er spürt den Untergang kommen und sieht ihm ungeduldig entgegen. Die Tabletten, die er nehmen soll, findet sie zwischen den Samtfalten seines Fauteuils versteckt, die Arzttermine nimmt er nicht wahr.
Sie weint öfter heimlich vor ihrem Schminktischchen, das voll gestellt ist mit kleinen schönen Dingen, die ihr ruhig dabei zusehen, so wie ihr Spiegelbild, das sie in allen gläsernen Flächen sucht. Dann greift sie zu Papier und Farben und fertigt ein Selbstportrait mit

melancholischem Ausdruck an. Dieses zweite Gesicht beobachtet sie
dann über ihrer Schulter. Wenn sie vor dem Spiegel sitzt, bleibt es
an ihrer Stelle im Schlafzimmer, wenn der Mann heimkehrt, um ihn
beim Mittagsnickerchen vorwurfsvoll zu beobachten. Ich sehe sie
und ihre vielen Gesichter, die in einem wirren Reigen hinter ihnen
drein wehen, wenn sie sich am Korridor der riesigen Wohnung
begegnen, als wollten sie die Räume auffüllen mit eben so vielen
Mitbewohnern wie damals in St. Petersburg.

Das Leben beginnt an Farbigkeit zu verlieren. Jemand muss es zu heiß
gewaschen haben, es sitzt nicht mehr richtig.

Zwischen Ausbrüchen genitaler Verzweiflung und hochfliegenden Reden, mit denen ich Erwachsene entzücke, verfalle ich in dumpfe Unlust,
in eine lähmende Langeweile, die ich mit Fressorgien zu besänftigen
suche. Es gibt Tage, deren einziger Höhepunkt es ist, dass ich mich
drei Mal zum Tisch bewege.

Im Sommer scheuern meine Oberschenkel kleine übel riechende
Wunden aneinander. Ich kann keine Kleider und Röcke mehr tragen.
Ich verberge mein Allerweiblichstes gekonnt hinter einem Schleier
aus Fett, ich lasse mir eine Schürze über die Scham wachsen. Ich bin
brav, ich gehe nicht aus, ich trage ausschließlich Hosen. Die Zeiten,
da mich andere mit aufmerksamen Blicken bedachten – Blicke, die
ich damals nicht interpretieren konnte – sind vorbei. Mit Nonchalance
und Machogehabe kann ich noch einige Mädels für mich begeistern,
unter anderem jene, die keine Konkurrenz ertragen hätten. Ich finde
eine Freundin, ein Mädel mit Zopf und arrogantem Näschen. Ein auf-
gehender Stern auf meinem pubertären Himmel. Mein blonder Deus
ex machina passt in mein Schema.

Sie bemitleidet mich, um sich zu veredeln.

Mit ruhigem Ekel erzählt sie mir von ihrer Großmutter, eine Wiener
Kommunistin, die die Flucht vor dem Nationalsozialismus in die falsche
Richtung trieb: nach Russland, der Internationale entgegen. Dort
heiratet sie und gebiert ihren Sohn. Bald darauf beginnt der Krieg.
Die neuintegrierte Sowjetbürgerin wird wie unzählige andere deutsch-

stämmige auch der Spionage bezichtigt. Was meiner Großmutter unter Stalin erspart blieb, ereilt sie: Ihr Mann wird als Kollaborateur exekutiert. Sie selbst in einen Transport nach Sibirien gesteckt. Dort verbüßt sie eine fast fünfzehnjährige Haftstrafe in einer Arbeitskolonie. Der Sohn bleibt in Moskau bei Verwandten, die ihn unwillig aufgenommen haben. Man könnte sie für die Aufzucht von halbdeutschen Jungspitzeln bestrafen.

Die Wienerin ist Krankenschwester. Sie pflegt die Kranken im Lager und isst heimlich ihre Essensrationen. So überlebt sie. Als sie ihren Sohn siebzehn Jahre später wiedersieht, schlägt ihr seine wütende Abneigung entgegen.

Der Sohn ist verloren.

Später, zurück in Wien, wird sie Lebensmittel weit über das Ablaufdatum hinaus aufbewahren. Sie weiß um den Wert der Nahrung. Niemals würde sie Brot in den Müll werfen. Schließlich sah sie Menschen dafür sterben.

Ihre Enkelin rümpft ihr hübsches Stupsnäschen über den ranzigen Sauerrahm und das harte Brot.

Ihre Oma hänge sehr an ihr, erzählt sie mir. Aber sie ekle sich vor der abgestandenen Luft in ihrer Wohnung. Trotzdem nimmt sie die teuren Schuhe an, die ihr die Großmutter kauft.

Das Wohnzimmer der Großmutter ist immer noch voll mit russischer Literatur. Auch ich bin ein Überbleibsel ihrer Geschichte wie die verkümmerten Russischkenntnisse des Vaters. Mit der Mutter hatte er auch die Muttersprache verloren.

Ihr Vater mustert mich misstrauisch: Ich bin ein Ekel erregender Rest seiner Vergangenheit. Eine Trägerin des Sowjetvirus.

Was will die da, die seiner Tochter anhänglich auf Schritt und Tritt folgt?

Adoptiert werden will ich.

Endlich Teil dieses Landes sein.

Die richtigen Dinge tragen, tun und sagen.

Das künstlich erblondete Haar über eine knochige Schulter werfen.

Sie trägt Jeans mit Kniefleck und bunte Haarspangen aus Plastik. Im Versuch, es ihr gleichzutun, quetsche ich mich verzweifelt in entsetzliche Jeansmodelle. Sie darf Lipgloss verwenden.

Sie ummalt meine grünen Augen schwarz, bis ich aussehe wie ein Pandabär. Bevor ich heimgehe, muss alles wieder entfernt werden. Wir kämpfen mit wasserfester Wimperntusche und fusseligen Wattebäuschen. Meine Großmutter wird mich besorgt fragen, ob ich mich krank fühle, und ich werde es bejahen, worauf ich am hellen Tag ins Bett gelegt werde. Ich bin tatsächlich unpässlich. Ich leide am Begehren und keine Medizin weit und breit.

Meine Freundin betrifft das alles nicht. Sie wird von ihren Eltern amüsiert gefragt, ob sie schon ein Rendezvous für das Wochenende habe, an dem sie wegfahren wollen.

Sie hört lässige Musik und liest „Mädchen".

Sie ist nicht fähig, einen eigenen Gedanken zu fassen.

Sie kennt keines der Bücher, die mich interessieren.

Sie hat ein Hochbett aus Holz.

„Gott im Himmel, Mischka! Hör auf so kompliziert zu sein", sagt sie, und ich sauge diese Botschaft in mir auf wie frische Luft nach einem Gewitter.

Sie macht sich lustig über die Macken ihres Vaters, der die Familie nicht einen Augenblick aus seiner Nähe entlassen möchte.

Über die Angst ihrer Mutter vor dem Altern.

Sie borgt mir ihre hochhackigen Stiefelchen, die mir zwei Nummern zu groß sind.

In ihnen schlittere ich ihr hinterher zum Eissalon.

Später wird sie Fotomodell sein.

Noch ein wenig später todunglücklich, verwelkt und einsam.

Die roten Schuhe getauscht mit einer alten hundsfarbenen Strickjacke.

Doch jetzt, hier, im bunt verglasten Eissalon, sind wir noch gut aufgehoben. Sie muntert mich auf. Wir schaufeln Himbeereisknödel mit

Mohn, verschmieren Saucenschlieren auf den weißen Tellern und schimpfen über unsere Mütter.

Ihre ist kühl und schön wie meine, aber bösartiger.

Während sie noch mit der bösen Königin um den Sieg ringt, habe ich mich schon lange in den Wald meines Übergewichts verdrückt und hoffe dort auf den hilfreichen Jäger.

Gnadenlos zählt sie mir die Anzeichen des Alterns ihrer Mutter auf. Da habe sie ein graues Haar entdeckt in ihrem dunklen Schopf, dort einen Krähenfuß im Gesicht. Ich stelle mir abends vor, wie sie der Mutter ins Bad nachschleicht und sie im Halbdunkel mustert und die Beobachtungen wissenschaftlich genau in ihrem Tagebuch festhält.

Die Mutter, die den Chirurgenblick registriert, geht mit ihrem Mann abends extra lange aus, weil sie weiß, dass sich die Tochter allein in der stillen Wohnung fürchtet.

Am Tag ist alles anders. Da sind wir selbstsicher und stark.

Zusammen bilden wir ein perfektes Duo Infernal.

Wir sitzen auf der Schulmauer und kämmen unser langes Haar.

Sie lockt mit glänzendem Goldkamm Verehrer an, die an den Klippen ihrer Beschränktheit zerschellen.

Meine Gesänge bleiben ungehört.

Meine Mutter scheint eine sadistische Ader zu entdecken und kleidet mich in zu mädchenhafte, zu enge Kleider. Das wird auch meiner Schwester nicht erspart bleiben. Doch die Kunst der textilen Kriegsführung ist mir angeboren.

Es raunt der dunkle russische Wald, unweit unserer Sommerresidenz, der Bauhütte neben einer Datscha, die sich fest in der Hand eines Parteiapparatschiks befindet. Wir bewohnen einen kleinen hölzernen Verhau, der mehr einer Scheune gleicht. Ada und Laura haben ihn so gemütlich wie möglich eingerichtet, weiße Häkelgardinen an den Fenstern, bunte Tagesdecken auf den Klappbetten. Wenn man durch den Garten hin zum schön geschnitzten Zaun schlendert, zwischen blühenden Blumenbeeten hindurch, kommt man an dem prächtigen Gebäude vorbei. Am Vormittag habe ich mich mit dem Nachbarjungen im Dreck gewälzt. Wir haben Revolutionäre gespielt. Wir stellen uns darunter etwas wie einen glorreichen Straßenjungen vor.

Plötzlich brüllte mich der Vermieter von seiner Veranda aus an, ich beflecke den Ruhm des großen Oktoberumsturzes, da ich bei unserem Kampf – ohne es zu wissen – Kriegsslogans zitierte. Wie sonst bitte sollte man denn merken, dass ich ein Revolutionär bin, der selbst den Schmutz der Straße nicht scheut, und kein gewöhnliches Ferkel, habe ich zu Bedenken gegeben und damit ein ernsthaftes Gespräch des Vermieters mit meinen Eltern provoziert.

Auf dieser Holzveranda sitzt der Eigentümer jeden Tag und schlürft nachmittags an seinem Tee mit selbst gekochter Himbeermarmelade. Abends trinkt er Bier und danach spielt er Schach mit meinem Vater, weil er hier keinen anderen Partner finden kann. Dann sitzen sie friedlich nebeneinander, sehen in den dunkelvioletten Himmel und blasen Rauchkringel in die Luft.

Lev ist fischen gegangen. Ich bin mit Laura unterwegs, wir befinden uns auf einer kleinen Lichtung. Hier ist es unnatürlich still. Nicht aber in mir. Es wallt das Blut in den Adern meines vierjährigen Körpers. Mir rauscht es wilder in den Ohren als der Wind in den hohen Baumwipfeln und zwischen den hoch gewachsenen Farnen.

Ich stehe bis zum Nabel in tiefen Gräsern mit geballter linker Faust und gezückter rechter Hand. Ich bin bewaffnet mit einer saftigen Heidelbeere von durchaus beachtlichen Ausmaßen. Anvisiert ist das ahnungslose Ziel: der zierliche Rücken meiner Mutter, der in ihrem Lieblingssakko in sommerlichem Weiß mit lila Nadelstreifen steckt. Ein in Russland seltenes, ein wohl gehütetes Stück, das sie seit Jahren mit Stolz trägt. Sie kniet vor mir in der Wiese, wendet mir den Rücken zu und sammelt eifrig die Früchte des Waldes.

Meine Eingeweide brodeln hasserfüllt. An den Grund unserer Auseinandersetzung kann ich mich nicht erinnern, ich weiß auch nicht mehr, wie sie verlaufen ist. Die Zeit hat aufgehört zu existieren. Ich bin in dem Gefühl glasiger Wut eingeschlossen, eine steinzeitliche Mücke im Bernstein. Ein vom Bogen geschnellter Pfeil, nein, eine auf vorberechneter Bahn abgeschossene Rakete auf Kurs. Die Ereignisse gefrieren zur Zeitlupe: Einen Fuß vor den anderen durchs frische Gras schiebend, als wären sie zentnerschwer, nähere ich mich meinem Opfer. Mit sicherer Bewegung fährt meine Heidelbeerhand aus. Während sie sich überrascht umwendet, gehe ich auf sie zu, vollende mein Werk und drücke mit aller Kraft meines kleinen Daumens die Beere zwischen ihren Schulterblättern platt, während sie mich mit geweiteten kirschbraunen Augen fixiert. Unter meinen Fingern breitet sich in Sekundenschnelle ein tiefroter, runder Fleck aus, wie eine Schusswunde, während wir immer noch im Schweigen erstarrt sind.

Die Fassungslosigkeit überwältigt uns beide. Unsere Blicke sind ineinandergebohrt. Da endlich ihre Stimme, hoch und bald darauf kippend.

Am Handgelenk werde ich, die immer noch infernalisch schaut und schweigt, zwischen den Farnen in Richtung des kleinen Baches gezogen.

Am liebsten würde sie mich statt dem Sakko hineinwerfen.

Mein ist die Rache, sagt der Herr.

Mein ist das Elend der Reue.

Ich empfinde mich als Monster, als Missgeburt, unwürdig. Am liebsten würde ich meinen innigsten Wunsch – zu fliegen – opfern, um meine Tat ungeschehen zu machen.

Mutters Prachtstück ist verloren, und mit ihm meine kindliche Unwissenheit.

Der Deflorationsritus ist vollzogen.

Ich habe soeben die Hallen der Sünde betreten.

Ich werde mich hier einrichten, im Wartesaal, auf unbestimmte Zeit festsitzen und werde mir am knisternden Fegefeuer die Kartoffeln aus der Asche klauben. Jetzt weiß ich, dass Untaten Taten, dass den Folgen Handlungen vorausgehen.

Dies ist der Brunnen, in dem ich versinken werde, als mein Vater stirbt.

Hierhin werde ich zurückkehren müssen, um den Stein fallen zu lassen und lange, lange horchen, wie er geräuschlos fällt.

Das Sakko verschwindet im Schrank und taucht nie wieder auf.

Meine Erinnerung nicht.

Ich habe seine Berührung gefühlt, bevor das Kind zum Angriff überging. Kleinkinder, Alte, Kranke und Verrückte stehen mir näher. Doch leide ich nicht an meinem Sein.

In die Dunkelheit ihres Schranks hat die Frau das Kleidungsstück verbannt. Manchmal öffnet sie ihn, wühlt zwischen den Kleidern, bis sie blind den Haken an der hintersten Reihe ertastet. Anfangs reicht ihr das. Später wird sie es herausziehen, über die in Wien erworbenen Kleider hängen, die ein neues Sein umhüllen. In den Streifen des Stoffes versinken, bis ihr Blick auf den rostbraunen Fleck fällt. Längst kann sie das Kleidungsstück nicht mehr über der immer noch schlanken Taille schließen. Sie wird es mit einem heftigen Ruck in die hinterste Schrankecke werfen.

Meine Mutter opfert ihre künstlerische Laufbahn und wird Schmuckemailzeichnerin, um meinem Vater das Malerdasein zu ermöglichen.

Das wird einen Graben zwischen ihnen aufwerfen.

Wir befinden uns in Kampfhandlungen. Wir bekriegen einander und gleichzeitig die Außenwelt.

„Sie haben dich gestohlen", sagen meine Eltern.

Der Kindsraub wird am vermissten Objekt gesühnt.

Ich gebe mir alle Mühe. Ich muss ihnen und mir selbst einen Grund liefern, am besten täglich krachfrisch wie die Wiener Frühstückssemmel. Andere verfallen darauf, das Fleisch ihrer Unterarme mit Rasierklingen zu ritzen. Vorläufig liegt mir das Wohl der Familie am Herzen, also produziere ich Schulschwierigkeiten, leidenschaftliche Kräche, die tangoartig quer durch die Wohnung zelebriert werden. Ich flüchte auf den Dachboden, barfuß und im Nachthemd, und erhoffe mir dort eine Lungenentzündung, da ich nach kurzem Blick aus dem Fenster weiß, dass ich den Schritt darüber hinaus nie wagen werde.

Ich bin vierzehn.

Am Dachbodenfenster sitzt das störrische Junge zwischen Staub und alten knarrenden Balken. In den Teerrillen des groben Bodens

funkeln wie Irrlichter bunte Plastikpartikelchen. Der Baum im Hof
windet sich im Windstoß. Sie sieht auf seine Krone hinab. Die
raschelnden Blätter bewegen sich wie kleine Hände, die ins Leere
greifen. Sie sitzt zwischen den Gewitterfronten. Sie will hinaus und
zurück zugleich.
Vier Stockwerke unter ihr steht die Mutter an den Fensterrahmen
gelehnt und hat denselben Baum im Blick. Hochgezogene Schultern,
dünne Rüschenbluse, verwischtes Violett an den Lidern. Sie zittern
an beiden Enden der Nabelschnur.

Ich habe bereits zwei Schulwechsel und eine Wiederholung der zweiten Gymnasialschulstufe hinter mir. Es wird nicht dabei bleiben. Ich
entwickle einen neuen Ansatz: Nun möchte ich mich gar nicht mehr
trennen, weder von krankhaften Beziehungen, noch vom Lehrstoff.
Aus der Schule mit Russisch als Fremdsprache erlöst mich ein Wechsel
an eine konservative Mädchenschule. Dies führt mich aus dem ersten
in den vierten Bezirk und erspart mir sozialen Druck. Meine armseligen
Kleider fallen nun nicht weiter auf.

Mein Deutsch wird langsam das einer Klassenbesten. Meine freche
Art sichert mir nicht nur die Rolle der Lehrerplage, sondern auch die
Bewunderung der Klasse. Die Stelle der bösen Buben, hier vakant,
wird mit mir nachbesetzt.
Nun bin ich Alphamännchen und pflege meinen Harem. Der versorgt
mich mit Lernmaterial, Wurstsemmeln, Kakao und Streicheleinheiten.
Ich bin in diesem weiblichen Kosmos gut aufgehoben.

6

Der weibliche Kosmos ist mir nicht unbekannt: Meine beiden Großmütter bilden zwei Dynastien im Zeichen des Matriarchats. Baba Sara, die Mutter meines Vaters, eine anderthalb Meter große Frau mit hüftlangem Zopf und stechend blauen Augen ist heimlich Kettenraucherin. Alle fünf Kinder und ihre unzähligen Enkel geben vor, von ihrem Laster nichts zu wissen. Es wäre zu ungehörig. Baba Sara ist eine machtvolle Alchemistin der Küche, die mit dem Stein der Speisen aus dem Nichts riesenhafte Gelage erschaffen kann. Sie ist ungebildet und weise. Ich fühle mich verpflichtet, ihren Ausbruchsversuch Richtung Kunst, den ihre Heirat mit sechzehn beendete, zu perpetuieren.

Sie verschwindet leise aus meinem Leben. Eine Zeitlang kann ich mich noch an die weiche Wärme erinnern, in die ihre Umarmung mich versenkt. Sie riecht ein bisschen muffig nach Gewürzen und Zigarettenrauch. Sie trägt seit Jahren immer den gleichen Kaftan mit roten Rosen darauf. In der Tasche des Kaftans liegt nicht nur das Päckchen Zigaretten, sondern auch Tarot-Karten, zusammengehalten von einem ausgeleierten Gummiband. Manchmal sitzt sie abends über die Karten gebeugt.

Ihr Zopf ist entflochten, das Haar fällt über ihren Rücken und ihre Schultern.

Neben ihr qualmt in einem Silberschüsselchen eine Zigarette. Sie nickt, während ihre Finger die Karten mischen, austeilen, erneut in Bewegung versetzen und eine wechselnde Bilderlandschaft erzeugen. Eine Zukunft, in ständiger Veränderung, mit der Bewegung ihrer kleinen Hand neu aufgerollt und enthüllt, ausgebreitet auf dem alten Plastikküchentisch ihrer Neubauwohnung, während ihre füllige Tochter Ljuba mit Lockenwicklern am Kopf vor dem Fernseher döst. Der Mond scheint durch die gelochten PVC-Vorhänge, steigt über die rot beleuchteten Fabrikschlote der St. Petersburger Satellitenstadt.

Der Mond im vierten Haus und der Narr neben dem König der Schwerter.

Sie runzelt die Stirn und nimmt einen tiefen Zug, bis feine Rauchfäden aus ihrer Nase steigen, als wäre sie ein sehr kleiner, freundlicher Drache.

Nach unserer Ausreise in den Westen weigere ich mich konsequent, zu irgendjemandem aus der Verwandtschaft Kontakt zu halten. Ich empfinde ihren Verlust als bösen Verrat ihrerseits. Hätte ich es gekonnt, ich hätte in ihren Koffer gepinkelt wie eine beleidigte Katze.

Die Emigration reißt Menschen auseinander. Sie erfahren von Höhepunkten und Unglücksfällen über Brief und Telefon. Direkter Kontakt ist unmöglich. Als hätten sie sich auf einem anderen Planeten niedergelassen, geht ihr Atem schwer in ihren Raumanzügen, die sie nicht abzulegen wagen, aus Angst, in der ungewohnten Atmosphäre keine Luft zu bekommen. Schwer geht die Brust auf und nieder, die Lunge schmerzt. Die Stimmen anderer Siedler krächzen aus den Mikrophonen ihrer Helme.

Ihr Tod ist nicht nachprüfbar. Ich kenne keine offenen Gräber und keinen Leichenschmaus. Ich kenne Menschen, deren Existenz sich allein aus ihren Stimmen im Telefonhörer speist. Dann verstummen diese Stimmen.
Als Baba Sara stirbt, weint mein Vater. Ich habe ihn zuvor niemals weinen gesehen. Er steht da, an den Türrahmen gestützt, mit dem abgewetzten Hörer, aus dem längst nur noch der Besetztton klingt.

Die Tränen versickern in den Falten seines Gesichts und zwischen den Barthaaren. Der Hörer hängt auf halber Strecke zwischen seinem Ohr und seiner Brust. Aus der Muschel tönt die Stimme Nathanaels, die heute ungewohnt wichtig klingt.
Sein Bruder, der Igel, hat ihn überholt.
Er war da, als sie starb, während der Hase leider verhindert war.
Vater kann nur davon träumen, an Baba Saras Begräbnis teilzunehmen.
Der Eiserne Vorhang kennt keine letzten Wege, keine Sohnespflichten.

Die Frau hat mir viel Unbehagen bereitet. Abgeschirmt hat sie ihren Sohn mit dem Instinkt ihres Herzens, mit ihrer Lebensfreude und ihrer Kraft.

Solange sie da war, war er unerreichbar für mich.

Ihre Zeit ist beschränkt. Meine nicht.

Als er Mutter und Heimat verlässt, rücke ich ein großes Stück näher.

Jetzt habe ich eine Nische in seiner Seele entdeckt, in die ich meine Widerhaken stoßen kann.

Anfangs wehrt er sich traumtrunken.

Die Tochter erinnert ihn an seine Mutter.

Ähnliche Züge hat sie, ähnliche Bewegungen.

Er klammert sich an ihr Ebenbild, als wollte er die Mutter mit der Tochter heraufbeschwören. Er wird wütend, weil es ihm nicht gelingt.

Aus dem Mädchen sieht ihm eine fremde Welt entgegen.

Das Fremde schiebt sich zwischen ihn und sein Kind.

Er spürt, wie seine Macht über die Tochter schwindet. Das entsetzt ihn. Sie kann ihn nicht mehr schützen.

Er schlägt um sich.

Ich warte.

Bald darauf erscheint ein jüdischer Bekannter und vollführt mit meinem Vater seltsame Rituale hinter versperrten Türen. Ich streiche unruhig davor auf und ab.

Großmutter Ada rümpft die Nase hinter dem Kantor her, bekreuzigt sich und verbarrikadiert sich in ihrem Zimmer. Ich versuche durch einen Spalt in der Türe einen Blick auf meinen Vater und den Unbekannten zu erhaschen. Die beiden stehen über Bücher gebeugt. Plötzlich sieht mein Vater auf. Der Ausdruck in seinem Gesicht hat eine Schattierung hinzugewonnen, die mich wegducken lässt. Sein Blick geht fragend ins Leere.

Er spricht tagelang mit keinem.

Großmutter Ada meidet meinen Vater. Sie prüft kritisch das jüdische Band, das zwischen den anderen gespannt ist. Das ihre ist lange schon durchtrennt. Sie ist mit atheistischen jüdischen Intellektuellen befreundet, und rennt jeden Sonntag in den Stephansdom. Hätte sie in St. Petersburg Gelegenheit gehabt, sie wäre schon dort zur Kirche gegangen. Doch russische Kirchen sind zu diesem Zeitpunkt entweder gesperrt oder werden als Bibliotheken und Jugendzentren genutzt. So bleibt ihr nichts anderes übrig, als Postkarten berühmter Ikonen aufzustellen, alles getarnt als Kunstinteresse und Bildungsgut. Über ihrem Bett hat sie das riesige Plakat einer Ausstellung aufgepinnt, das ein Gesicht des Erzengels Michael zeigt. St. Issaks Kathedrale, Stephansdom, Maria am Gestade: orthodox oder katholisch, das macht keinen Unterschied. Kirche ist Kirche. Kreuz ist Kreuz. Alles ist besser als der Davidstern. Doch taufen lässt sie sich nicht. Für Rituale ist sie zu rebellisch.

Großmutter Ada rümpft die Nase.
Nach dem ersten Essen mit der Familie ihres Schwiegersohnes Lev beschließt sie, weitere Treffen höflich abzusagen. Die neue Verwandtschaft kocht viel und zu fett, isst viel, redet viel und schämt sich nicht, offen Jiddisch, eine Sprache, die kein vernünftiger Mensch, kein Literat je in den Mund nehmen würde, zu sprechen! Selbst wenn sie manche Worte verstehen sollte, sie würde es sich niemals anmerken lassen. Ada verzieht das Gesicht, als wäre etwas Übelriechendes an ihr vorbeigetragen worden.
Levs Schwester Ljuba ist zu dick, ihre Kinder zwar fleißig, doch intellektuell indiskutabel. Levs Mutter geht sogar soweit, Ada in eine Umarmung zu zwingen. Und sie trägt einen Kaftan, am helllichten Tage und vor allen Gästen! Sie lacht zu laut und entblößt ihre schlecht gepflegten Zähne. Sie riecht nach Rauch.
Ada zupft den taubengrauen Kragen ihres Kostüms zurecht, um die Berührungen der kleinen, dicken Finger abzuwischen. Als man Kochrezepte mit ihr austauschen möchte, herrscht Schweigen.

Natürlich hat Baba Sara weder Dostojewski gelesen, noch kennt sie Schubert, und wenn sie ins Theater geht, dann nur, um sich Revuen anzusehen. In ihrer Jugend wollte sie sogar Soubrette werden! Erbärmlich.

Natürlich lässt Ada großmütig gelten, dass Sara eben vom Land kommt und kaum mit Kultur in Berührung gekommen sei. Doch sie rümpft die Nase. Die Tochter hat, alles in allem, eine schlechte Wahl getroffen. Sie sieht nicht ein, warum sie ihre Meinung hinter höflichen Floskeln verbergen sollte. Intelligenz und Hochkultur gibt es eben nicht geschenkt. Sie hätte auch Konditoreileiterin werden können, schlimmer noch, einfach nur Bäckerin, nachdem ihre Eltern nach der Revolution enteignet und nicht länger Besitzer des Traditionsbetriebs waren.

Doch sie will hoch hinaus. Sie hatte die Schule mit Auszeichnung beendet und sofort an der Universität inskribiert. Sie will die Begabteste der Begabten sein. Dafür sitzt sie nächtelang über ihre Bücher gebeugt. Das Lob, denkt sie, könne nicht ausbleiben. Doch sie irrt. Sie vertraut den falschen Kollegen. Sie erzählt zu viel von sich, von ihrer Mutter, von ihrer Vergangenheit.

Die Schande, öffentlich der Universität verwiesen zu werden, weil ein Kommilitone sie als Tochter reicher Großgrundbesitzer denunzierte, streift sie von sich ab. Sie hat heimlich geweint. Ist eine Woche danach geschminkt und schick gekleidet losgegangen. Sie erinnert sich noch gut an den Klang ihrer hohen Absätze auf dem Asphalt der Auffahrt zum Institut. Mit ihren Zeugnissen unter dem Arm und mit rot bemalten Lippen eröffnet sie den Sturm auf das Büro des Direktors. Sie fleht und fordert, bis ihr entgegen allen Gebräuchen die Tore der Hochschule wieder geöffnet werden.

Sie hat es aus eigener Kraft geschafft, ist Universitätsprofessorin und Autorin mehrerer wissenschaftlicher Bücher. Ein Vorbild für junge Studentinnen, die sie oft sogar zu Hause aufsuchen.

Was vergangen ist, soll dort bleiben.
Keiner wird sie zur Rückkehr zwingen.
Auch auf Umwegen nicht.
Und sollte es die Ehe ihrer Tochter kosten.
Igor. Nicht Israil.
Igor. Basta.

Keiner spricht Jiddisch außer Baba Sara, also lerne auch ich nicht ein einziges Wort Jiddisch. Großmutter Ada nimmt mich manchmal mit in den Stephansdom, wo ich Kerzen klaue, während sie auf dem Bänkchen vor dem Bildnis der Mutter Gottes kniet. Das rot glühende Glasfenster unter der Orgel taucht den Raum in unwirkliches Licht. Sie sitzt da und murmelt, sie ist abwesend. Ich sehe mich um. Die gewaltigen Orgelpfeifen, die über mir in die Halbschatten des Gewölbes ragen, wie die Flügel eines Dämons. Der Geruch von Weihrauch macht mich schwindeln und weckt bei mir Erinnerungen an Tante Musjas Parfums.

„Spiel mit mir", fordere ich, nachdem ich mir die Diebesfinger an den flackernden Kerzen verbrannt habe.

Sie winkt ab, als wäre ich eine lästige Fliege. Ich fürchte, dass sie meine verwerflichen Handlungen aus dem Augenwinkel gesehen hat.

Nun beneidet Ada die Verstorbene Baba Sara um das starke Band, das sie und ihren Sohn verbunden hat. Alle zwei Wochen schickt Großmutter Ada Briefe nach Amerika und erhält keine Antwort. Ihre täglichen Anrufe werden nicht angenommen. Damit ihre Briefe nicht verloren gehen, fährt sie abends zum Westbahnhof, um ihre Luftpost persönlich im Zentralpostamt abzuschicken. Es nützt ihr nichts, im offenen westlichen Raum zu sein: die Grenze zwischen ihr und ihrem Sohn ist nicht gefallen.

Beide Großmütter waren Urgewalten.
Ich bin das Kind zweier Kindverbliebenen.
Ich soll erwachsen zu werden.

7

Es gibt einen Helden in der russischen Mythologie, der auf Rübenfeldern giftige Drachenzähne pflanzt, aus denen über Nacht Schattenkrieger wachsen. Einen, der die Prinzessin bekommt, immer. Einen, der auf seinem Ofen, auf dem er Tag für Tag die Zeit totschlägt, durchs Dorf und bis zum Zarenhof fährt, weil er zu faul ist, sich zu erheben, und der dann auch noch den Drachen besiegt. Er ist der jüngste Sohn des armen Bauern: Ivan der Depp.

Meine kleine Schwester wird geboren.
Während meine Mutter in der Geburtsklinik liegt, marschieren mein Vater und ich durch den Wienerwald. Noch bin ich der unumschränkte Erbe, der dem Zaren eifrig folgt, und dafür ab und an den Reichsapfel halten darf.
Wir stehen an der hölzernen Brüstung, die uns von einer Herde Ziegen trennt. Kleine, runde Tiere, die trotz ihrer bemerkenswerten Breite recht geschickt auf den Steinen herumturnen. Ich beobachte ihre gelb leuchtenden Augen unter den gebogenen Hörnern, während ich unser altes Brot wie einen Schatz fest umklammere. Sobald ich es verfüttert habe, drängen und stoßen die Tiere einander weg, ihre Hufe klingen wie Stöckelschuhe auf Asphalt. Zwei sind fast doppelt so breit wie die anderen, die Seiten zum Bersten aufgebläht, zwei kleine Heliumballons mit Bärtchen.
„Sind die auch schwanger?", frage ich meinen Vater.
„Ja", meint er.
„Hab ich mir gedacht. Sie sind viel aggressiver als die andern."

Mein Vater lacht nicht. Er versinkt in den gestreiften Pupillen des Ziegenbocks vor ihm, der sich plötzlich auf die Hinterbeine erhebt, beinahe auf Augenhöhe mit ihm. Später werde ich die schwarze Schnauze mit grauen Streifen widerspenstigen Felles auf einem Gemälde meines Vaters wiederfinden, das mir noch als Halbwüchsiger Angst bereitet. Teuflisch wirken die Hörner und die leeren Augen. Das Ziegengesicht,

Tierhaftes gemischt mit menschlichen Zügen, ohne Hals und Leib, übergehend in Schatten, eine Hülle, die bereit ist, gefüllt zu werden.

Das lange Schweigen wird mir unbehaglich.

Ich verstreue den Rest des Brotes in einem Schwung.

„Lass mir noch was", bittet mein Vater plötzlich, als ich die letzten Krumen verteile.

Ich blicke ihn verständnislos an.

„Hast du etwa Hunger?"

Er lacht schallend.

„Ist jetzt alles weg?"

„Ja."

„Dann kaufen wir noch ein Brot im Restaurant." Er klingt, als ob er keine Widerrede dulden würde.

„Wozu denn?"

Er schweigt. Er wendet sich von mir weg.

Ich weiß, dass sich der Gasthof tief im Inneren des Parks befindet, und eine lange Wanderung die Allee entlang bevorsteht.

„Ich will auch wieder Ziegen füttern", sagt er leise.

Seine Stimme klingt brüchig. „Komm schon, Mischka."

Ich setze mich demonstrativ auf eine der Holzbänke und scharre mit meinen Schuhen über den Staub der Straße.

„Mischka, du faule Nuss. Ich erzähl dir was unterwegs. Von Ziegen und Menschen."

Ich folge ihm.

„Von einem Jungen."

„So?"

„Ja. Von einem Jungen, der einen Igel hatte und ein Ferkel und Ziegen."

Ich hole auf.

„Wer war das?"

„Ein Junge, der am Land gelebt hat. Der Bauer oder Zimmermann hätte werden sollen. Wie seine Eltern."

Wir schlendern die Allee entlang.

„Ich. Ich war das."

Die Sonne brennt uns senkrecht von oben auf die Köpfe, der Tag liegt noch vor uns.

Wir vertiefen uns immer weiter in die kühleren Bereiche des Lainzer Tiergartens und in Levs Vergangenheit, Schritt für Schritt weg von meiner Kindheit hin zu seiner.

Ich habe mir bis gerade eben gar keine Gedanken darüber gemacht, was mein Vater eigentlich getan hat, bevor er mein Vater wurde. Für mich existiert er erst ab seiner Berufung zu dieser anspruchsvollen Tätigkeit.

Ich erfahre, dass er, anders als meine Mutter und ich, die beide als Stadtkinder im Schatten der St. Petersburger Kathedralen und Paläste aufwuchsen, in einem kleinen Vorort groß geworden ist.

Ein Dörfchen, das nach und nach von der wachsenden Großstadt verschluckt wird. Ein richtiges kleines Dörfchen, in dem die Bewohner noch eigene Gemüsebeete im Garten anlegen durften, mit Kleinvieh, das man im Hinterhof hielt. Sein Vater hat sich zum Bahnhofsvorsteher hochgedient, eine Arbeit, auf die er stolz ist, da sie es ihm ermöglicht, seine Frau und fünf Kinder zu ernähren. Ich erfahre, dass mein Vater gar nicht der erste Sohn Baba Saras ist.

Der Älteste ist im Alter von zehn Jahren im Badeteich ertrunken.

Lev übernimmt die Position des großen Bruders und auch dessen Job als Ziegenhüter des Dörfchens.

Ich denke mit Unbehagen daran, dass auch ich heute ältere Schwester werde. Er ist so in seine Schilderungen vertieft, dass ich seine Nervosität nicht wahrnehmen kann.

Die Ziegen des Dorfes also. Den ganzen Sommer über verbringt der Junge Lev damit, eine kleine Herde von einem Weideplätzchen zum anderen zu treiben und aufzupassen, dass keine von ihnen sich, Gott behüte, auf die Gleise verirrt. Er liebt es, in ihre leuchtenden Augen zu starren, die ihn an Fabelwesen erinnern. Ihre Hörner, gewunden und knochig, gleiten unter seinen Fingern weg, wenn er sie streichelt. Aber er kann auch anders. Mit sich trägt er einen Stock, den die Widerspenstigen ab und an zu spüren bekommen. Abends werden die drei Ziegen, die seiner Familie gehören, von Sara gemolken. Der stechende Geruch und die Wärme, die ihm entgegenschlagen, wenn er sich seiner Mutter, die auf einem Schemel neben den Tieren sitzt, nähert, versprechen leckere Speisen am Abend oder nächsten Mittagstisch.

„Rozka! Verka! Satan!", schreit er, während er morgens aufbricht, in der Tasche Käse, Wasserflasche und einen Zeichenblock.

Das ist die Zeit, die abgesehen von den Ziegen, nur ihm allein gehört.

Während die Hitze sich langsam über den Feldern zusammenbraut, liegt er im Gras und zeichnet seine unzähligen Modelle, ein Ziegenportrait neben dem nächsten. Braungefleckte, Kurzhornige, mit sanften dunklen Augen und mit stechend hellen Pupillen. Langbärtige und Glatzköpfige, mit gewundenen Hörnern, mit abgestoßenen Stümpfen, mit struppigen Augenbrauen und glatten Stirnen. Ein Katalog unterschiedlicher Physiognomien, die auch Messerschmidt Ehre gemacht hätten. Skeptische und Zutrauliche, Alte, Erschöpfte und junge Freche. Irgendwann sinkt er, von der Wärme der Sonne auf seiner gebräunten Haut eingelullt, in die Wiese zurück. Die ab und zu vorbeifahrenden Züge pfeifen immer wieder in der Ferne.

Der Sommer schlägt über ihm zusammen.

Ein durchdringender Pfiff weckt ihn.

Rundherum ist es erstaunlich ruhig.

Leise. Zu leise.

Während er noch schläfrig die Halme um sich herum beobachtet, wird ihm bewusst, dass er außer dem Pfiff des Zuges und dem Brummen vorbeifliegender Insekten gar keine weiteren Geräusche wahrnimmt.

Kein Meckern. Kein Rascheln im Gras.

Er setzt sich mit einem Ruck auf.

Der Bleistift fällt von seinem Bauch und verschwindet im Grün.

Satan ist der älteste Ziegenbock der Herde, ein behäbiger, struppiger Widder mit tränenden Augen, die ihm etwas Tragisches verleihen. Diesen traurigen Augen begegnet der Junge, sobald er sich aufgesetzt hat, und als er sich umsieht, wird rasch klar, dass Satans traurige Augen die einzigen sind, die ihn ansehen.

Ob die Traurigkeit Satans daher rührt, dass er ganz allein geblieben ist, oder daher, dass er schlicht zu alt und gebrechlich war, um mit den übrigen Ziegen Reißaus zu nehmen, wird niemals endgültig geklärt werden.

Die Frage nach deren Verbleib erscheint Lev weitaus brennender.

Mit klopfendem Herzen springt er auf, bindet Satan an einen Baumstamm und jagt über die leicht abschüssige Wiese. Er steht bis zur Hüfte in den Blumen und sieht weit und breit kein einziges Tier. Er brüllt sich die Seele aus dem Leib. Satan folgt eifrig seinem Beispiel.

Er lockt sie mit allen erdenklichen Versprechungen. Leckerbissen, Wasser, satte Weiden. Irgendwann beginnt er zu drohen. Wie sie büßen werden! Jede Einzelne! Widerliches Pack!

Er kämpft mit den Tränen. Was die Mutter sagen wird.

Ihr Weinen ist noch schlimmer als die Schläge des Vaters.

Er verlässt die Wiese unter ohrenbetäubendem Gemecker des Ziegenbocks, den er nun an der Schnur mit sich herzerrt. Auf der staubigen Straße sind die Hufe der ihm Anvertrauten noch gut zu erkennen. Rufend, lockend, drohend rennt er die Straße, die ins Dorf führt, hinunter.

Von weitem erkennt er eine Menschentraube.

Dahinter kann man verzagtes Gemecker vernehmen.

Seine Schritte werden immer langsamer. Da stehen eine Menge Leute auf der Kreuzung. Schon hat sich eine Gestalt daraus gelöst, die zügig auf ihn zugeht: sein Vater.

Das Gespräch wird mit einer knallenden Ohrfeige eröffnet.

„Idiot, verdammter!"

„Habt ihr sie? Sie sind doch nicht auf den Gleisen?"

„Sie stecken alle fest, du Lümmel."

Die Geschichte ist so kurz wie tragisch, zwischen mehreren Ohrfeigen lässt sie sich bequem unterbringen. Nachdem die Ziegen die Weide verlassen haben, sind sie aus Gewohnheit den Weg ins Dorf zurückgezogen. Allerdings bogen sie kurz vor dem Hauptplatz ab, um eine weitere Straße zu betreten, die an diesem Morgen frisch geteert worden ist. Einer der ersten Vorboten der Großstadt. Der raue Wind der Freiheit bläst ihnen nun heftig um die Nüstern, während um ihre Fesseln herum der Boden immer fester wird.

Die ersten Dorfbewohner kreuzen auf, als es längst zu spät ist.

Verzweifelt versuchen die Besitzer, ihr Vieh aus der Straße herauszulösen. Ohne Schlagbohrer erweist es sich als unmöglich. Nach langem Hin und Her wird einer herbeigeschafft. Der Lärm geht durch Mark und Bein und hat zur Folge, dass zwei der Ziegen nicht überleben.

Lev hat Glück im Unglück und kann seine beiden Flüchtigen wieder nach Hause bringen. Die Mutter putzt deren Läufe den ganzen Abend, während der Vater gewichtig im Zimmer auf und ab marschiert.

Der Skandal währt lange und bringt die Familie in Geldsorgen, da das tote Vieh ausbezahlt werden muss. Die Vorwürfe ziehen sich weit ins nächste Jahr hinein. Lev beschließt, niemals wieder unaufmerksam zu sein, vor allem niemandem gegenüber, der ihm anvertraut worden ist. Nie wieder.

Ich bin sprachlos. Mein Vater begeht Fehler. Mein Vater hat sogar vollständig versagt! Die Zeit ist schnell vergangen. Wir sind bereits auf dem Rückweg.

Er pfeift vor sich hin, was er mir zu Hause aus Aberglauben verbietet. Pfeifen im Haus bedeute ständige Armut. „Mit jedem Pfiff geht Geld verloren", sagt er.

Wir bleiben erneut vor dem Gehege der Ziegen stehen.

Mein Vater lächelt.

„Merk dir, dass nur der nutzlose alte Satan übrig bleibt, wenn du zu lange unaufmerksam bist", sagt er, während er die Semmeln hineinwirft.

Die Ziegenleiber schließen sich wie ein braunschwarzer Teppich. Eine Zeitlang ist nur ihr Geschubse zu hören.

„Ich will, dass die Schwangere noch was bekommt", bettle ich. „Die braucht mehr als die anderen."

Mein Vater sucht in seiner Tasche, die leer ist und leer bleibt.

Dann atmet er tief durch. Sein Gesicht wird wieder ernst und gleich darauf besorgt.

„Komm, gehen wir heim", meint er. „Sonst kann uns Mama nicht anrufen."

Wir fahren also heim. Schweigend.

Während meine Mutter in den Wehen liegt, blähen wir uns die Bäuche rund mit Kirschen, die wir in einem Schrebergarten erstanden haben. Der ersehnte Anruf kommt und kommt nicht, und ich darf fernsehen bis spät in die Nacht, während mein Vater hysterisch ums Telefon streicht. Meine Großmutter ist bei meiner Mutter im Spital geblieben.

Sie sitzt am Krankenhausbett. Sie hält die Hand der Tochter. Die Alte schweigt, ihre ganze Kraft ist auf ihre Hand gerichtet, mit der sie die Finger der Tochter umklammert. Sie betet lautlos. Die Zeit dehnt sich, sie sitzen in der Blase fest. Eine Stunde vergeht, die nächste, die dritte. Die Gebärende ruft nach einem Arzt, unbeholfen, die Worte wollen sich nicht fügen in ihrem Mund, sie geraten durcheinander, verstreuen sich halbausgesprochen und verlieren ihre Bedeutung, noch bevor sie ihren Mund verlassen haben. Sie hebt die Stimme, sie bittet, brüllt. Die Mutter mahnt sie zur Mäßigung. Man soll nicht zu forsch, nicht zu frech fordern in einem fremden Land. Das sei gefährlich. Die Krankenschwester bemängelt die Deutschkenntnisse der Frau, die sich mit nasser Stirn in ihrem Krankenbett windet und verlässt den Raum. Die Frau fällt in einen undefinierten Schmerz, der sie fest umhüllt.

Sie spürt den Hauch der Bedrohung. Sie weiß, dass sie Hilfe braucht, doch die Mutter bildet einen Wall zwischen ihr und der Außenwelt.

Erst als der Pegel der Schreie sie trifft, wo sie unverwundbar sein will, steht sie auf, lässt die Hand der Tochter fallen und verlässt den Raum. Sie schlendert den Gang auf und ab, stellt sich ans Fenster und betrachtet die Bäume, die sich draußen im heißen

Sommerwind neigen.
Der Arzt erscheint erst Stunden später.

Erster Aufgeregtheit über die Freudentränen meines Vaters, der halb Russland durchtelefoniert, und immer wieder mit überschlagender Stimme den Namen Magdalena in den Hörer brüllt, folgt wüste Wut und der von Vorahnung gezeichnete Blick meiner Mutter, die mir ein paar Tage nach der Geburt aus dem Krankenhausfenster müde zuwinkte. Dieses kastenköpfige Ding, das jaulend aus einem wattierten Stoffdeckchen lugt, nimmt mir alle Aufmerksamkeit.

Die Beziehung meiner Eltern ist angeschlagen und meine Schwester ein halbgarer Versuch, das Ganze wieder zurecht- und zusammenzurücken. Ich bin dafür ungeeignet. Meine Anwesenheit verstärkt ihre Zwistigkeiten. Ich hatte mich als Nesthäkchen gemütlich eingerichtet, nun weigere ich mich, den Platz zu räumen.
Es gibt ein Foto von Magdalena und mir, auf dem ich sie mit mordlüsternem Medeagesicht scheinbar liebevoll hochhalte. Wie vieles andere, wird auch dieses Bild verschwinden. Wir machen Bilder, um sie zu bannen.

Wir sitzen im kaukasischen Kreidekreis und malen.
Jeder hat seine Staffelei oder Kartonunterlage, die Kohlestifte raspeln über das raue Papier. Wir sind konzentriert und wachsam, wir betrachten einander prüfend. Stille steht über uns wie eine Käseglocke.
Niemand verlässt den Ring, um sie nicht zu brechen.
Großmutter Ada sieht uns zu, schaut uns über die Schultern.
Doch der Schiedsrichter ist parteiisch.
Jeder weiß es, keiner spricht es aus.
Wir setzen Striche, verdichten Flächen zu Dunkelheiten, heben Ebenen hervor, verschleiern. Ada, die Kunsthistorikerin, wird unsere Arbeiten kommentieren. Mutters elegant hingeworfene Portraits zelebrieren die Schönheit des Moments. Die Augen ihrer Figuren sind ausdrucksvoll, unnatürlich vergrößert.

Vater entwickelt seine verhüllten, leeren Maskengesichter.

Mal tragen sie Augenschlitze, hinter denen dunkle Höhlen gähnen, mal spart er sich das verspielte Detail und belässt die Fläche weiß wie ein kraterübersätes Ei, ausdruckslos unbelebt, außerhalb der Zeit. Torero nennt er eine der Gestalten. Sie trägt ein rötelrotes Kostüm und teils wehende, teils straff um den Kopf gewickelte Stoffbahnen. Auf die Frage, warum ein Stierkämpfer sein Gesicht verhülle, antwortet er knapp:

„Aus Angst vor dem Tier."

Das Tier ist der Tod.

Aus Angst vor dem Tier erschöpfe ich mich in Bögen voll gleicher Figuren, die in verschiedenen Bewegungsabläufen erstarren. Halb Textilentwurf für Kinderbettwäsche, halb Storyboard oder Comic, läuft, beugt und streckt sich die Gestalt des Mädchens im roten Kleid im luftleeren Raum unermüdlich, im Versuch das weiße Blatt mit seinen harten Kanten endlich zu überwinden und hinauszuspringen.

Die Jüngste blickt am weitesten.

Die Jüngste kennt die Zahl.

Unsichere Schritte, sicherer Blick.

Sie bewegt sich in einer Welt, die immer zwei tänzelnde Seitenschritte entfernt ist von der der anderen.

Sie streckt den Kopf in ihre Räume, sieht sich um, staunt, und wechselt vorsichtig auf ihr Gebiet zurück.

Sie weiß zu viel.

Wessen Vaters Tochter.

Die Zahl ist das Wort und das Wort ist das Wissen und das Wissen ist Macht.

Die Worte, die sie hört, verbinden zwei Welten und trennen sie wieder.

Die Sprache des Hauses ist nicht die Sprache der Straße.

Es fällt ihr schwer, sich zurechtzufinden.

Die Worte sind verwirrend. Sie verlässt sich auf das, was sie umgibt. Die dunkle Wohnung mit ihren hohen Räumen, in denen die Schritte hallen, mit der dicken Staubschicht auf abgesplitterten Bilderrahmen, den vielen Bildern, dem Schweigen. Die Dunkelheit der Wände, der Nebel, der durch die Räume zieht, sich nach oben hin verdichtet, als würde sich unter den Lustern ein Gewitter sammeln, das niemals losbricht. Im Halbdunkel scheint sich etwas zu bewegen, aufmerksam, hungrig. Sie spürt den Hauch, der davon ausgeht, wenn es sich träge von einem Raum in den nächsten begibt. Wie ein Magnetfeld. Die Härchen auf ihrem Arm stellen sich auf, weisen in seine Richtung, wenn er vorüberzieht.

Anfangs meidet sie ihn.
Bald aber dulden sie einander im gleichen Raum. Sie vermeidet den Blick nach oben, dort wo mein ruhiger Blick herkommt. Plötzlich beginnen die starren Härchen ihr Angst zu machen und sie greift zur Schere. Ihre Bewegungen sind ungeschickt. Sie will die Härchen wegschneiden, wegmachen, wegschneiden und schneidet in ihre Haut, in ihr Fleisch. Das Stillen der vielen kleinen Schnitte fällt der Mutter zu, die leise flucht und laut weint. Sie verräumt alle spitzen Gegenstände in unerreichbare Höhen.

Die Mutter begreift nicht.
Mit dem Entfernen der Scheren ist es nicht getan. Das Kind weiß es.
Die Mutter wird beobachtet, während sie schwankend auf der Leiter steht. Sie reicht nicht bis zu den obersten Regalböden, sie hat Höhenangst und streckt sich zitternd hoch, um die Kiste mit Fingerspitzen zu erreichen.
Die Mutter wird beobachtet.
Alle werden beobachtet, und der Beobachter hält sich in den Schatten verborgen. Mein Wissen ist Wort, ihres wird im Schweigen aufbewahrt.

Eines Abends schleiche ich zum Bett meiner Schwester und stecke einen heulenden Staubsauger unter ihre Bettdecke. Ich will sie wie Kehricht aus meiner Welt verschwinden lassen. Die Geschichte mit dem Kopfkissen erscheint mir zu abgeschmackt, ich lege Wert auf Originalität. Ihr langes Gesicht wird noch länger, sie braucht erstaunlich viel Zeit, um Luft zu holen und loszubrüllen. Der durchdringende Schrei vertreibt mich mit dem Corpus Delicti ins Vorzimmer, wo ich, den Schlauch fest umklammert, die halbe Nacht verhocke. Noch Stunden später hör ich ihr Wimmern, und die gurrend-beruhigende Stimme meiner Mutter.

Die Ankunft meiner Schwester spaltet die Familie in zwei Lager: Meine Mutter favorisiert meine Schwester, die ihr jetzt näher steht und ihr Bedürfnis nach Nähe befriedigt. Mein Vater entscheidet sich für mich. Wir haben einen gemeinsamen Feind, wir verbünden uns gegen die Mutterkinddyade. Was kümmert uns zartes Verschmelzen. Männer haben nichts übrig für solchen Kinderkram. Uns verbindet die Suche nach der Wahrheit in der Kunst, und quälende Eifersucht. Großmutter Ada, die meinen Vater bis zu seinem Tode siezen wird, ergreift die Partei meiner Mutter und bringt damit das System zum Kippen.
Bei mir macht sie eine Ausnahme.
Ich bin und bleibe ihre Lieblingsenkelin, vor allem, nachdem sich herausstellt, dass meine Schwester behindert ist.

Die Zahl ist das Wort und das Wort ist Wissen.
Macht muss man erkennen können, Freiheit gestatten.
Die alte Frau kann das seltsame Mädchen nicht leiden.
Sie sitzt am teuren, verstimmten Klavier, das sie in komplettem Disrespekt mit Vasen und tönernen Obstschalen vollgestellt haben und bearbeitet mit krummen, aber immer noch starken Fingern energisch die Tasten.
Mutter und Kind spielen im riesigen Kinderzimmer nebenan. Die Flügeltüre steht halb offen, das Mädchen kauert am kaukasischen Teppich und lugt immer wieder ins Nebenzimmer.

Sie ist abwesend, weil sie bei sich ist.

Sie dreht ihre Löckchen um die seltsam langen Finger.

Ihr Blick wandert. Sie kennt alles.

Die Zahl und die Frage und die Antwort.

Sie wird frei sein. Die anderen nicht.

Die Mutter bewegt ein buntes Plastikauto vor ihrem Gesicht durch die Luft, um den entrückten Blick der Tochter auf etwas Handfestes zu lenken. Das Kind nimmt es unwillig. Fährt ein paar Mal damit über den Teppich, bis die Räder sich in den dichten Wollfasern verfangen, verliert rasch das Interesse.

Eine billige Nachahmung echter Bewegung interessiert es nicht.

Sie pendelt zwischen dem Spielzeug, das ihr fremd ist, und der verwaschenen Erwachsenenkonversation, die die zwei Frauen durch Tür und Musikschwall immer wieder beginnen. Seltsam scheinen ihr die Worte, sie ergeben keinen Sinn, jedenfalls nicht den, den sie zu haben vorgeben. Sie spürt, dass die Mutter angespannt ist. Sie nimmt die menschlichen Ausdünstungen wahr, ohne sich aus ihrer Klebrigkeit befreien zu können. Der unterdrückte Ärger schlägt ihr stachlig entgegen, sie ahnt, dass er mit ihr selbst zu tun hat. Sie ist hilflos. Die Alte verdreht die Augen. Da verliert die Mutter die Geduld. Ihre violett lackierten Nägel bohren sich fest durch den Stoff des Kinderpullovers zur Haut.

Ich komme eben ins Wohnzimmer, in der Absicht meine Großmutter um Geld für einen Kinobesuch zu bitten, da höre ich, wie meine Mutter dem Kind leise droht.

„Wenn du dich nicht benimmst, kommt der Spaltkopf! Ich glaube, ich kann ihn schon riechen."

Ich verdrehe die Augen. Ich glaube nicht mehr an den Spaltkopf.

Meine Schwester blickt Laura verwirrt an. Sie sieht sich um.

Lächelt, deutet hinauf zur Decke.

Beginnt dann schallend zu lachen.

„Ist da", hebt sie in eigenartigem Singsang an.

„Ist da...Ist lange da... Da! Da!"

Laura reißt das Kind am Arm.

„Spiel jetzt!"

„Da.. Da.. Da!!", schreit es.

Mein Blick begegnet dem meiner Großmutter. Sie steht ruckartig auf, der samtrote Hocker vor dem Klavier wackelt. Sie schließt mit dramatischer Handbewegung den Deckel. Sie bleibt stehen und schweigt.

„Mach irgendetwas mit der Kleinen", meint sie mit rügendem Unterton.

„Irgendeinen Kurs – was weiß ich!"

Meine Mutter schluckt laut hörbar.

Meine Schwester sagt: „Drei."

„Und gib ihr was zu lesen."

Ich schließe die Tür.

„Dostojewski vielleicht."

Endlich versucht meine Schwester, sich zaghaft in Russisch auszudrücken. Meine Eltern sind begeistert. Nur kann sie außer uns leider niemand verstehen. Der Sprung in die Kommunikation, ist in die falsche Richtung gesetzt.

Als ich mit Laura und dem Kind beim Fleischhauer in der Warteschlange stehe, lehnt sie sich an das breite Glas der Fleischvitrine.

Da fährt die Verkäuferin sie an:

„Vorsicht, Glas!"

Meine Schwester springt entsetzt zurück.

„Glas" bedeutet „Auge" in der russischen Sprache.

Sie versteckt sich hinter den runder gewordenen Hüften meiner Mutter und schielt misstrauisch in die vor ihr ausgebreiteten blutigroten Waren.

Zwischen Steaks und Würsten ruht ein großer abgeschnittener Schweinskopf genau in ihrer Augenhöhe. Mit leidendem Ausdruck, gekrönt von Radieschen. Wie zwei gekreuzte Schwerter ruhen seine eigenen Beine vor ihm.

Sie kann ihre Angst nicht in Laute fassen. Sie erstarrt, und ist nicht aus dem Laden zu bewegen. Laura muss sie mit Kraftaufwendung nach getätigten Einkäufen aus dem Geschäft hinaustragen. Meine Schwester verstummt bald darauf und sagt kein Wort mehr, für lange Zeit.

Meine Schwester hantelt sich mit auffallend langem Schädel unsicher von Möbel zu Möbel. Wie schwerfällig ihre Bewegungen wirken. Sie wandert ziellos in der Wohnung umher, und je weniger sie mit uns spricht, umso intensiver scheint sie Kontakt anderer Art zu haben.
Sie singt, sie gurrt, sie unterhält sich blendend, solange sie allein ist. Der eigenartige Singsang verstummt augenblicklich, sobald jemand den Raum betritt, dann bekommt ihr Gesicht etwas Hartes und Verschlossenes, sie blickt finster von unten herauf, bis alleine der Blick den Hereintretenden wieder hinausjagt.
Die Sache mit dem Staubsauger geht mir lange nicht aus dem Kopf. Ich habe Angst, alles Menschliche aus ihr herausgesaugt zu haben.

„Es wird besser", sagt meine Mutter tapfer und lächelt, als ihre Freundinnen sie nach meiner Schwester fragen.
„Es wird besser. Sie singt schon sehr gerne."

„Es wird schon", sagt sie ein halbes Jahr später schon recht gequält.
„Sie spricht schon ein wenig."
Wir sitzen am schön mit russischem blauem Porzellan gedeckten Teetischchen. Zwischen meiner Mutter, die eine strenge Falte auf der Stirn bekommen hat, und ihrer Arbeitskollegin duftet ein Blumenstrauß in einer weißen Vase.
„Mit sich selbst", füge ich hinzu und werde mit einem schmerzhaften Kniff in den Oberarm hinauskomplimentiert, ohne ein Törtchen an mich reißen zu können.

Meine Eltern sind erstmals bereit, Auffälligkeiten zu diskutieren, als meine Schwester drei Jahre alt ist. Drei Jahre lang schafft es mein Vater, alle Zweifel seiner Frau vom Tisch zu wischen.
Drei verlorene Jahre. Wie vieles andere Unangenehme und Praktische fällt die Betreuung des Kindes Laura zu. Mein Vater verdrückt sich

schweigend in sein winziges klammes Atelier, das ihn von allem mit Feuerwänden trennt.

Das ist seine verborgene Welt, durch deren Überreste ich später staunend wandern werde, Wiederentdeckerin von Atlantis.
Ohne seinen Bewohner wirkt es sinnlos und unpassend. Ich werde Objekte finden, deren Bestimmung mir rätselhaft erscheint, und Botschaften lang vergangener Tage. Nach behutsamem Entfernen von Dreck und Staub sind sie entzifferbar: „Ich bin gegenüber Kaffee trinken, Mischenka. Komm herein."

Lev, der so sportlich, so gerne unterwegs, im Wald, auf dem Flohmarkt oder tanzend auf Festen war, ist zu keiner Bewegung mehr fähig. Er setzt einen Bauch an. Er stürzt morgens schon Liter Kaffee hinunter, um in die Gänge zu kommen. Die regen Besucherströme verebben. Der amüsante Russe mit den ausdrucksvollen blauen Augen und den schwarzvioletten Ringen darunter hat den Spielplan geändert. Er treibt in den dunklen Wassern der Depression.
Stumm, mit meiner stummen Schwester am Schoß.
Tagelang.
Im abgewetzten Bugholzsessel mit Fellbezug sitzen sie reglos vor dem Fernseher, in dem wahllos Sportsendungen laufen.
Monoton verfolgen sie gemeinsam die Wiederholungen der Slalomabfahrten. Ich stehe hinter ihm, wie schon so oft, und bringe keinen Laut über die Lippen. Mein Blick, stier wie der seine, ist auf seinen Hinterkopf geheftet, wo das schnell ergraute, spärlich werdende Haar bereits eine kleine Glatze erkennen lässt.
Mein Vater ist nicht länger allmächtig.
Abends schweigen sich die Eltern bissig an. Meine Mutter wirft beleidigte Blicke, die mein Vater nicht aufheben möchte.
In unseren Herzen wird es zunehmend unaufgeräumter.
Sprachlosigkeit breitet sich aus.
Wir alle sind befleckt.
Die spiegelglatte Schönheit meiner Mutter, die mich so oft verlegen machte, scherbt in sich zusammen. Sie hat von einem Auftraggeber

giftige Farben zur Verarbeitung erhalten und entwickelt zeitverzögert eine asthmatische Erkrankung.

Wir alle wehren uns gegen die Sprache, uns allen geht die Luft aus.

Wenn keine Taten mehr bleiben, fehlen die Worte.

Wir verstummen.

Ich entmotte die alte Schreibmaschine mit eingraviertem verschnörkeltem Monogramm, die auf meinem Kleiderkasten steht. Das persönliche Geschenk eines Prinzen zu Coburg und Gotha. Da steht sie, empfängnisbereit, und löst einen Schwall Erinnerungen aus. An sonnige Sommertage und Gewitterregen, der an meine nackten Füße klatscht, während ich im blumenumwucherten Bogengang des Schlosses Grein Schutz suche. Auf meinem Kopf trage ich eine ausgeliehene Goldhaube, die auf gar keinen Fall durchnässt werden darf, auf meinen Hüften einen Seidensari, der rutscht und zu lang ist. Die Besitzerinnen der Kleidungsstücke stehen in den Arkaden und beobachten mich besorgt.

Die eine, kunstinteressierte Großbäuerin mit strengem Dutt, die andere, eine Deutsche mit Zweitwohnsitz bei Kalkutta. Beide bedauern bereits, meinen Vater vor mir gerettet zu haben, damit er in Ruhe an seinem Bühnenbild arbeiten kann. Ich bin ihnen entkommen und inszeniere meine Stammestänze im Burghof.

Jeden Sommer findet meine Bühnengeilheit in Grein ihren Höhepunkt: Mein Vater, der freudige Kontakteknüpfer, hat sich mit einer Theatergruppe, bestehend hauptsächlich aus deutschen Künstlern, zusammengetan, die Jahr für Jahr klassische Opern im Schlosshof der schönen Burg zu Grein im Strudengau aufführt.

Er zeichnet verantwortlich für das Bühnenbild. Ab und zu arbeitet er auch mit anderen Bühnenbildnern zusammen. Jedes Jahr findet im Schloss auch eine Ausstellung statt. Eine jährlich wiederkehrende Gelegenheit, mich vor den Besuchern zu produzieren, Mädchen für alles hinter den Kulissen zu spielen, prunkvolle Kostüme anzuprobieren, im Dorfrestaurant auf Budgetkosten bis zum Abwinken Schnitzel zu essen und mich drei Wochen lang zwischen seltsamen Erwachsenen zu langweilen. Spät nach Mitternacht feiern sie immer noch ausgelassen an den langen Heurigentischen, auf denen sich geleerte Flaschen zwischen abbrennenden Kerzen türmen. Ich versuche mit meiner Weste unter dem Kopf auf der schmalen Holzbank im Hinterstüberl zu schlafen, skeptisch beäugt von Kellnerinnen in rosa Dirndln.

Von der kleinen Aussichtsplattform im hinteren Schlossbereich kann man weit über die Donau und die umliegende Landschaft blicken, den behäbigen Windungen des Flusses folgen. Über einen Serpentinenweg im Garten an den Hängen des Hügels gelangt man zum Haupteingang durch den kühlen Tunnel des breiten gemauerten Eingangs, an Laternen vorbei, durch beinahe bodenlange Ranken hindurch in den etwas klobig wirkenden, von der Sommersonne aufgeheizten Innenhof. Der wilde Wein, der die Wände überwuchert, verleiht ihm dennoch etwas Jugendstil. Aus der Ferne schon hört man das Plätschern des Springbrunnens im Hof.

Dreistöckig türmt sich das Gebäude k.und k.gelb unterm breiten Schindeldach hoch. Der zweite Stock ist mit zierlichen Bogengängen bestückt, zwischen den Säulen ergießen sich rotviolette Blumen über die Brüstung. In der Mitte thront ein runder Springbrunnen, schräg neben ihm ein uralter Brunnen mit Spitzdach und Kübel an einer rasselnden Kette. Im hinteren Bereich gibt es ein in die Wand gemauertes schmuckloses Becken, in dem ein riesiger Wels bärtig und nervös zuckend Runden dreht.

Der Wels ist der Liebling des Burgherren, des Prinzen zu Coburg und Gotha, der sich mit „Hoheit" ansprechen lässt und der, sagen wir, gewisse Launen an den Tag legt. Die Schauspieler behandeln ihn mit größter Vorsicht, genügt doch ein Wort von ihm, um die Produktion platzen zu lassen. Er stellt den Schlosshof vertragslos und unentgeltlich zur Verfügung, um die schönen Künste zu fördern, erwartet aber Unterwerfung im Gegenzug. Ein Streit mit dem Regisseur, einem Berliner, der die kakanischen Gewohnheiten nicht begreifen kann, hat kurz vor meinem Eintreffen das Projekt an den Rande des Aus gebracht. Die Anspannung unter allen Beteiligten ist groß.

Bevor wir das Schloss das erste Mal betreten, hält mich die Kostümbildnerin, eine hochgewachsene Deutsche mit großer Nase am Arm zurück. Die violette Seide ihres prächtigen Saris knistert, als sie sich zu mir hinabbückt, mich mit ihren schönen grünen Augen fixiert und eindringlich bittet, mit dem Prinzen ja höflich und artig zu sein. Ich bin überdreht vor Anspannung, zappelig nach der langen Autofahrt und noch mehr aufgrund der neuen Information. In diesem Schloss wohnt also ein echter Prinz!

Das weckt ambivalente Gefühle in mir. Die russische Literatur ist angewiesen, von positiver Berichterstattung über Prinzen und Königstöchter aller Art Abstand zu nehmen. Meist werden sie als Langeweiler und Bösewichter beschrieben, sind farblos, ein trauriges Ergebnis schamloser Inzucht, moralisch instabil und kränklich.

So, wie politisch missliebige Exregierungsmitglieder einfach von Fotos retuschiert werden, verschwinden auch gewisse Figuren der klassischen Kinderliteratur und werden durch neue ersetzt. Die Bremer Stadtmusikanten sind eine umherstreunende Kommune musizierender Tiere, deren menschlicher Anführer die ortsansässige höhere Tochter dazu überreden kann, mit seiner Agitproptruppe in die Wälder abzuhauen. Der gestiefelte Kater ist sehr beliebt und in hoher Auflage verlegt, weil er es erstens fertig bringt, die herrschende Klasse auszutricksen und obendrein den einzigen Intellektuellen der Geschichte ausschaltet.

Ich weiß nun, dass ich Straßenkind werden will, wenn ich groß bin. Denn die sind glücklich, gesund und fidel. Ich bin also nicht sicher, was ich von einem Burgbesitzer halten soll.

Ich stürme los in Richtung strahlender Helligkeit des Innenhofes und blicke mich erwartungsvoll um. Am Springbrunnen sitzt ein graumelierter, schnauzbärtiger alter Herr im beigen Anzug. Neben ihm lehnt am Marmorrand des Beckens ein Stock aus poliertem Holz. Der

Spazierstock hat zwar einen schön geschnitzten Knauf. Doch kein Prinz weit und breit.

Enttäuscht schlendere ich auf den alten Herrn zu, nenne ihn „Onkel" und frage ihn nach dem Klo.

Hinter mir hält das Ensemble wie ein großer unförmiger Organismus den Atem an. Der Regisseur hat ein fleckiges Taschentuch aus seiner fleckigen Hose gezerrt und tupft damit nun die fleckige Stirn. Der alte Herr dreht sich sehr langsam zu mir um und lächelt.

Er nimmt mich an der Hand. Ich sträube mich erst, weil mir untersagt wurde, mit fremden Männern mitzugehen. Mein Vater folgt ihm, also ist Entwarnung angesagt. Er zeigt uns nicht nur die Toiletten, er führt uns durch das ganze Schloss. Wir beginnen mit dem eingekerkerten Wels, der täglich Besuch von seiner Hoheit erhält. Keuchend erklimmen wir die gewundene Stiege in den zweiten Stock. Dort gibt es ein Museum, das mich nicht weiter interessiert. Hier lagern Schaukelpferde aus der Renaissance, auf denen einst kleine Fürsten ihren imaginären Schlachten voranwippten. Mit seidenzartem, abgewetztem Leder bezogen sind sie, rauchgrau und ihre Hälse, an denen meine schmutzigen Hände mit den abgenagten Fingernägeln sich so derb ausnehmen, elegant gewundenen.

Von den Wänden blicken hohe elegante Gestalten in Rüstungen und Reifröcken herablassend aus ihren vergoldeten Rahmen. Ich kreische lustvoll zwischen den riesigen dunklen Ölgemälden und träge wirbelndem Staub in die Stille des Saals. Die Worte hallen gebrochen von den steinernen Wänden wider.

Der Regisseur ist klein, hässlich, manisch und enthusiastisch, seine Kostümbildnerin und Koproduzentin eine hochgewachsene Karyatide mit hüftlangem, rotem Haar und großer Nase. Sie ist mit einem winzigen indischen Chirurgen verheiratet. Die Truppe stellt sich aus Musikern aller Länder zusammen, ein bunter Haufen unterschiedlichster Charaktere. Mal brennt am Tag nach der Premiere der zweite Geiger mit der Frau des Hauptdarstellers durch. Mal plant der Regisseur einen Konzertabend, erleidet aber vor dem Auftritt einen Nervenzusammenbruch, als schon sämtliche Sitzreihen mit erwartungsvollem Publikum gefüllt sind.

Heuer gibt man den „Bekehrten Trunkenbold". Die Verschwörer haben sich in ihren schwarzen Umhängen hinter meines Vaters weißen Masken verschanzt. Wehklagend schunkeln sie über die Bühne, darüber hängt ein Transparent, das den Himmel darstellt. Ein pausbäckiger Engel, der meine Gesichtszüge trägt, halb verborgen von einer barocken Wolke, sieht Stirn runzelnd auf die Bühne hinab. Himmel und Hölle liegen knapp beieinander.

Ich trage ein Kostüm, das bei der Anprobe ausgeschieden ist, und darf beim Kartenverkauf im Durchgang zum Hof assistieren. Dieser füllt sich schnell mit einer illustren Mischung aus Adel, Freunden und Verwandten des Prinzen und kunstinteressierten Einwohnern Greins. Ein paar Tage später findet ein Fußballturnier statt, bei dem mein Vater als Vertreter der Schlossmannschaft stolz den Tormann gibt. Wir sind siegreich.

In der Zeit vor der Uraufführung verbringe ich viele einsame und gelang-weilte Stunden im Schloss, warte auf Gesellschaft, wenn die Musiker gereizt ihre jaulenden Instrumente stimmen, die Sänger proben und der Rest im Schlosshof seine Kreise zieht. Ich spiele im Kies zu Füßen der Bühne, werde aber rasch vertrieben, weil ich im Weg bin und sie meine auf dem Boden ausgebreiteten Barbiewohnungen stören.

Dann statte ich dem Fisch, der in seinem schmucklosen Gefängnis genauso unterfordert ist wie ich, eine kurze Visite ab. Lustlos sitze ich auf den breiten Steinfliesen und werfe mit Kieselsteinchen, als der Prinz vorbeikommt. Er sieht mich, macht kehrt und kommt kurze Zeit später mit einem großen, klobigen Gerät beladen zurück. Ich versuche aus der Entfernung zu erkennen, was in dem samtverpackten Bündel sein könnte? Eine Schatzkiste? Eine alte Truhe? Stapel von großen Büchern?
Er stellt das Paket vorsichtig auf der Bank neben mir ab. Als die grüne

Hülle fällt, kommen die silbrig runden Flanken einer alten Schreibmaschine, auf deren Stirnseite ein Schriftzug mit dem Namen der
hoheitlichen Vorfahren eingraviert ist, zum Vorschein.

Er rollt das erste Blatt Papier auf die staubige Rolle und schiebt das
ganze Ding zu mir hin. Sie gehört nun mir. Ich schließe sie im ersten
Anflug des Begehrens stürmisch in meine Arme, dann überkommt mich
Ehrfurcht und ich rücke vorsichtig von ihr ab. Wir schweigen, bis er
mich erwartungsvoll zu dem Gerät drängt.

Ich haue mit Nachdruck in die Tasten. Ich kämpfe mich durch klem-
mende Buchstaben und durch mein erstes Werk „Marillenknödelessen
in Sibirien", ein echter Reißer.

8

Wie jedes Jahr pflegt unsere Familie ihren in Sowjetjahren liebge-
wordenen Datscha-Aufenthalt im Sommer, der in Russland unter
einem Monat nicht als Urlaub, sondern bestenfalls als Witz angesehen
wurde, in Kärnten neu zu interpretieren. Zwar fehlt unser Häuschen
auf Hühnerbeinen, eine Baracke, in der der wahre Datscha-Herr die
Bauzeit seines prächtigen Holzbaus abgewartet hatte, und die er
uns dann jeden Sommer überließ. Auf der windschiefen Veranda
des Sommerhäuschens breitete mein Vater oft im Jagdfieber seines
hungrigen Herzens die immense Pilzsammlung, die er soeben im
abgewetzten Armeerucksack aus dem Wald getragen hatte, vor uns
aus. Herrenpilze, Rotkappen, Braunkappen XS bis XXL. Er sortierte
sie in mathematischen Spiralen der Größe nach auf den aufgeheizten
Holzbrettern. Ein dichter, satter Pilzgeruch stieg in meine Nase, während
ich liebevoll die samtige Oberfläche der Pilzköpfe streichelte. Dafür
haben wir hier eine österreichische Baba Yaga aufgetan.

Unfern des Wörther Sees haben wir uns ein Refugium gesucht und
gefunden. Ein halb verfallenes Gasthaus am Waldrand, unweit von zwei
kleinen, im dunklen Dickicht gelegenen Moorteichen mit sanftem Wasser,
in dem man wie in warmer Tinte schwimmen kann. Das Gasthaus wird
von einer einäugigen alten Dame geführt. Seit ihrer Jugend betreibt sie
hier eine Pension. Sie steht auf dem sonnenüberfluteten Plateau des
Gastgartens im warmen Abendwind, saugt die Luft laut hörbar durch
ihre riesigen Nasenlöcher ein, die von dichtem grauem Flaum umrandet
sind, und teilt meinem Vater bedächtig mit, er könne seine Wanderung
am nächsten Tag vergessen, denn es käme ein Unwetter auf. Mein Vater
blickt in den klaren Himmel, den sanft rauschenden Wald, dann wieder
auf sie, die mit ihrem toten rechten Auge an ihm vorbei sieht. Er seufzt,
und gehorcht. Sie hat immer noch Recht behalten.

Großmutter Ada schwimmt auch bei Unwetter im Teich, im sich nä-
hernden Donner, im einsetzenden Regen. Sie hat so und so viele Längen

vor und die wird sie sich erfüllen. Meine Mutter rennt aufgeregt am Ufer auf und ab, mal meine Schwester, mal die alte Frau im Visier. Das Kind hat sich in Furcht vor dem Wasser stumm vor Schreck an einem Bänkchen festgeklammert, als hätte sie schon Schiffbruch erlitten. Verzweifelt versucht Laura, Befehle zu erteilen. Raus aus dem Wasser. Rein ins Wasser.

In der vom warmen Hauch des nahenden Gewitters gestreiften Wiese wälze ich mich zwischen den Blumen und Gräsern auf meinem Kinderhandtuch. Die Wiese, ab und zu von Obstbäumen durchbrochen, fällt abschüssig bis zu den Bauernhäusern und der Pferdeweide im unteren Dorfbereich ab. Schmetterlingsschwärme erheben sich ab und an. Das Handtuch ist alt, meine Schenkel, an Breite gewonnen, haben kaum mehr Platz darauf. Ich beobachte die mannigfaltige Bewegung zwischen den Halmen. Eine eigene Welt. Braune und harte, saftige, grüne, zarte und fleischige Stängel mit gezackten Blättern, mit dezenten Blümchen, mit glänzenden Früchten, bewohnt von harmlosem und beißendem, schönem und ekelerregendem Getier. Ich beobachte das alles, während meine ungeübte Hand in meinen Shorts verschwindet, die schwüle Hitze des Nachmittags in mein Inneres greift.

Links von mir liegt im hohen Gras ein abgegriffenes Heftchen, das ich aus der Sammlung der pensionseigenen Schmuddelliteratur entwendet und mit zitternden Gierhänden und schamrotem Kopf an dem dicken Deutschen aus dem Nebenzimmer vorbeigeschmuggelt habe, der nun enttäuscht im Stapel Zeitschriften danach wühlt, hat er doch seiner Frau erklärt, er müsse sich dringend über die Lage der österreichischen Politik informieren und sich so umsonst eine ungestörte Stunde erkämpft.
Nun winden sich nackte Fräulein mit stark geschminkten Augen in halbgeöffneten Jeanshotpants direkt neben mir. Ich weiß nicht, ob allein ihre Darstellung erregt, zeigen sie doch nichts anderes als das, was ich selbst zu bieten habe, oder die Tatsache, dass ich die Hefte geklaut habe, und nun unter freiem Himmel auf heißer Erde liege, das Grollen am Horizont in den Ohren, und abwechselnd in ihnen und in mir blättere.

Über mir verläuft ein Pfad, der in das Waldstück hinter dem Haus führt. Ich höre angestrengt hin, ob sich Stimmen oder Schritte nähern, werde aber vom nahenden Gewitter abgelenkt. Da ich fruchtlos werke, ohne ans Ziel zu gelangen, wächst aus meiner Mitte ein großer Ballen wilden Zorns. Von weitem höre ich, wie meine Eltern, die meine Schwester, die sich unruhig unter der heranwälzenden schwarzen Wolkenwand an Levs Hals duckt, als Vorboten des Wolkenbruches, den Pfad herunterkommen.

Meine Mutter gurrt.

Sie ist braungebrannt, sie trägt ein buntes Sommerkleid, das ihre Hautfarbe unterstreicht. Sie wirft ihr langes Haar in den Nacken.

Direkt aus meiner Leibesmitte springt die Wut auf meine Hände über wie der Funke auf trockenes Stroh. Aufkreischend zerfetze ich das Heftchen in kleine Stücke, Puzzleteile von spitzen Brustwarzen und blauem Stoff verteilen sich um mich herum. Ich rolle mich fluchend zwischen ihnen im Gras umher, bis mich irgendetwas sticht.

Währenddessen haben die Großen das Kind in den Schlaf gewiegt. Sein hoher schmaler Kopf ruht nun am Polster des Gitterbettchens, während die Erwachsenen auf dem Nebenbett Platz genommen haben. Leise sind ihre Stimmen und vorsichtig die Bewegungen, die Hitze hat auch von ihnen Besitz ergriffen. Sie fürchten, von der zweiten Tochter überrascht zu werden, oder von der Großmutter. Die Kluft ist so groß, dass ihnen fast die Hände versagen, mit denen sie ihre Körper bearbeiten. Jetzt, jetzt, jetzt könnte die trügerische Nähe auseinanderfallen und nichts zurücklassen. Tapfer werken sie weiter, und kurz gelingt es sogar, die Augen zu schließen, die Beine zu öffnen und die Münder.

Da setze ich mich langsam auf, mit zu Schlitzen verengten Augen, und plötzlich sehr ruhigen Bewegungen.

Auf der Wiese taumeln in ekstatischem Eifer immer noch Schmetterlingspaare und feiern Paarungstänze. Ich stehe auf, identifiziere die kopulierenden Insekten, verfolge sie, bis ich ihrer habhaft bin und zermalme die zitternden Körperchen zu Brei oder reiße ihre Flügel aus und zerfetze auch diese. Ich stehe da, im Partikelregen der wegstiebenden Fetzen.

Langsam komme ich zu mir, schüttle angeekelt den verräterischen Staub von den Fingern, werfe einen Blick Richtung Wald, aus dem mich vorwurfsvolle Augen anzustieren scheinen, und breche in Tränen aus. Ich kann das Massaker nicht ungeschehen machen.

Während ich noch erstarrt unter den dunklen Wolken stehe, sehe ich meine Mutter aus dem Haus laufen. Ihr Haar und die Kleider sind zerwühlt. Sie stolpert an der Treppe, schlägt mit dem Schienbein gegen die moosige Betonstufe, geht aber zügig weiter.

Ich bin so voller Scham, dass ich nicht wage, sie zu lange anzusehen, während sie an mir vorbeihinkt.

Ich fürchte, dass sie mich beobachtet hat und mit dem Regen auch die Strafe einsetzen wird, eine Strafe, die mich reinwäscht, eine ersehnte Strafe. Ich zucke zusammen, als sie auf meiner Höhe ankommt, sie aber hält sich die Hand vors Gesicht, als wollte sie Scheuklappen formen.

Sie gibt ein seltsames Geräusch von sich, etwas von einem verfolgten Tier,

das erschreckt mich so sehr, dass ich meine Scham vergesse und zu ihr laufen möchte.

Sie macht einen Satz von mir fort, mit der freien Hand schiebt sie mich beiseite, und erklimmt in wilder Eile den steilen Weg in den Wald. Der leichte Stoff des Kleides klebt auf ihren Schultern. An der Waldgrenze dreht sie sich plötzlich um und ruft mir zu, ich solle ins Haus gehen, sie hätte sich nur die Zehe verletzt.

Am Fenster steht der Mann und sieht hinaus, hinter den Regenvorhang versucht er zu blicken, hinter die nebelige Wand, die sich zwischen ihn und seine Frau geschoben hat. Er ballt die eine Hand zur Faust und hält mit der anderen den dröhnenden Schädel. Der ist leer, leer wie die Hände, die weder Zärtlichkeit geben noch annehmen können. Er wendet sich nicht um, als die Ältere das Zimmerchen betritt, er holt tief Atem, um besser schweigen zu können.

Baba Yaga Girl

1

Ich stehe vor meinem Vater, zwischen uns sein prall gefüllter Koffer. Ich sehe forschend in sein Gesicht, in seine hellen, auffällig blauen Augen, eindrucksvoll gesäumt von tiefschattigen Augenringen. Ich strecke die Arme nach ihm aus, in einer seltsamen plötzlichen Regung, die ich mir nicht erklären kann. Es ist, als würde ich versuchen, einen undurchquerbaren Raum zu falten, um zu ihm zu gelangen. In diesem Augenblick weiß ich, dass er nicht zurückkommen wird, dass ich ihn nie wieder sehen werde.

Ich hasse mich für diese Gedanken. Ich lächle.

Ich schiebe seinen Koffer auf den Gang hinaus. Ich schiebe meine Gefühle hinterher, ich sage störrisch, dass ich ihn nicht begleiten möchte. Meine Mutter wird ihn allein zum Bahnhof bringen. Immer stand ich am Bahnsteig und sah den wegrollenden Waggons nach, bis sie dreckige kleine Flecken im Dunst der Gleise bildeten, und immer hatte ich ein wenig Angst vor der Trennung. Dieses Mal ist alles anders. Ich demonstriere meine neue Überlegenheit. Die Stärke einer Frau, die ihren Vater nicht mehr braucht und auch keine Angst hat, alleine dem Leben entgegenzutreten. Ich behaupte, völlig ruhig zu sein. Ich verzichte auf unser Ritual. Ich besitze nun neue. Mein schöner Freund wartet auf mich.

Ich schlage die Tür zu. Ich sehe in ihrem splitternden unebenen Lack hunderte kleine dunkle Rillen wie Sprünge im Eis. Ich starre sie lange an.

Mit zitternden Fingern übermale ich meine Augen.

Die Berührung des Freundes wird Erleichterung bringen.

Franz hängt an meinem Vater wahrscheinlich mehr als an mir. Er ist die Beziehung zu mir seiner Mutter zuliebe eingegangen. Ich vertreibe die Erinnerung daran, wie ich ihn geködert habe. Franz entstammt einer gutbürgerlichen Familie, sein Vater bekleidet einen wichtigen Posten bei einer Bank. Franz verbringt die meiste Zeit mit seiner Mutter, die Hausfrau ist. Sie leidet gern. Franz würde gerne malen. Selbstverständlich ist es absurd, diesen Wunsch vor dem Vater auszusprechen. Er ist durchaus begabt. Doch seine Bilder haben etwas Gehemmtes, Zögerliches. Franz ist einer, der lieber nicht den ganzen Weg geht, einer der versucht, sich auf Seitenwegen anzuschleichen.

Ich weiche nicht zurück.

Ich beobachte den schönen Franz seit einem halben Jahr.

Wie er im Malunterricht verloren nach dem Lehrer ruft. Wie er mit eleganter Handbewegung seine Haare ordnet. Wie er immer abseits steht, weder bei den Mädchen noch bei den Burschen, als könnte er sich nicht entscheiden.

Seine Zögerlichkeit entscheidet für ihn.

Er ist mein Opfer und wird es bleiben.

Als er nicht auf mein Werben eingeht, sind die weiteren Schritte beschlossene Sache. Ich weiß um die Kämpfe mit seinem Vater. Also muss ein Köder her, der die Sache wert ist.

Scheinheilig lade ich also den schönen Franz zu uns nach Hause ein.

Mein Vater Lev, der Maler. Mein Vater, der Lehrer.

Mein Vater, der Kerkermeister. Doch ich bin schlauer als Sheherazade. Ich weiß, wie ich Vaters Eifersucht umgehen kann: indem ich ihm jemand vorsetze, der ihn noch mehr bewundert als ich.

Zunächst funktioniert das.

Ich habe hoch gepokert, so, wie ich es gelernt habe.

Wurm und Fisch entwinden sich dem Angelhaken, ich werde hungern.

Später gelingt es mir, diesen Hunger zu kultivieren. Es macht Freude, die Gier in sich zu töten. Wenn schon Bedürftigkeit, so will immer noch ich entscheiden, wann ich mir gestatte, Befriedigung zu erfahren.

Ich werfe alles durcheinander und in einen bodenlosen Topf: Sexualität, Trieb, Angst, alles köchelt vor sich hin, während ich als Baba Yaga in meinem Kessel rühre. Ich bin mir selbst eine Hütte auf Hühnerbeinen, die sich dreht und wendet, wenn man sie ruft.

Die Tage bis zum Einschlag der Nachricht vergehen unauffällig-beliebig.

Ich nütze die Abwesenheit und habe erstmals Sex in meinem Zimmer.

Seltsam unberührt hinterlässt er mich. Das Symbolische hatte mich mehr gereizt.

Es ist heiß an diesem Frühlingstag, ungewohnt heiß. Sie sind ungewaschen, sie schwitzen unter der eilig übergeworfenen Bettdecke. Ein neuer Geruch mischt sich mit den Düften der Umgebung, frischer Stoff für den Chronisten. Die Tapeten über dem Bett sind mit Wandmalereien verziert, Elfen, Feen, die ganze Grimmsche Versammlung. Daneben auf dem Holzregal Dostojewski und Tolkien.

Vor kurzem erst sind die Kuscheltiere verschämt in eine Kiste geworfen worden. Auf ihrem Schreibtisch liegen halbgeöffnete Bücher, Malblöcke, ein Schminkkästchen. Daneben eine angebrochene Packung Vaginaltabletten. In ihre Mitte geschoben, schäumen sie über, ein stechender Geruch nach Arznei breitet sich aus. Sie schämt sich und lacht zu laut, um das Zischen zu übertönen.

Seine Finger sehen aus wie Mädchenfinger, lang und zart. Sie hätte selbst gern solche. Mit diesen Fingern streicht er unschlüssig an ihren Schenkeln auf und ab.

Sie spürt Gier in sich hochsteigen, keine Erregung.

Sie möchte besitzen.

Sie will, dass er dorthin gelangt, wo sie am verschlossensten ist. Sie hofft, dass er die Tür, die sie gleich zuschmettern wird, wieder öffnen kann. Den Fuß in die Tür drängen und bleiben. Sie will das Fremde in sich spüren, aufnehmen. Er soll ihr Herkömmliches aus ihr herausstoßen. Sie schließt erwartungsvoll die Beine. Er ziert sich. Er weiß nicht recht, was er sucht in ihr, auf ihrem schweißnassen Körper, in ihrem Bett.

Er erwischt sich dabei, dass er an ihren Vater denkt. An seine Arme, den angenehm herben Geruch, der von ihm ausgeht. Das bärtige

Gesicht überlagert die Züge des Mädchens, bis er es mit Gewalt vertreibt. Noch wälzen sie sich wagemutig.

Er ist ungelenk und nun wild entschlossen. Seine schönen Augen schmeicheln ihr. Sie fischt nach ihrer Lust, doch die entwindet sich. Neben dem Bett haben sie schwarze Kerzen entzündet, Duftrichtung „Opium". Die Kerzen sind billig, sie rinnen und hinterlassen unheimliche Flecken auf dem Parkett. Der künstliche Geruch steht noch Tage später im Raum und erinnert sie an ihren Frevel.

Dann fällt Jericho. Der Trompetenstoß, mit dem der Untergang unserer Welt beginnt, verwandelt sich in ein harmloses Telefonklingeln. Unklare Geräusche durchdringen Traumschichten. Noch will ich mich in den Polster drücken, fliehen. Aber das Geschrei im Gang ist omnipräsent. Ich werde ihm nicht mehr entkommen. Wie eine gehetzte Irre werde ich Jahre später noch zum Telefon stürzen, wenn es zu unmöglichen Zeiten klingelt.

Die Welt steht Kopf. Als sie sich wieder einkriegt, bin ich Halbwaise und liege mit der in meinem Arm erstarrten Schwester im Ehebett. Wir spielen das Vater-Mutter-Gespann nach. Sie ist verwundert über meine plötzliche Zuneigung, und verunsichert durch die ungewohnte Aufregung im Gang.

„Was? Was?", wiederholt sie, mal leise, mal laut, weil sie keine Antwort erhält.

Ich sehe sie aufmerksam an. Ihr Blick, der sonst wandert, ohne zu verweilen, ist erstaunlich fix auf mich gerichtet.

Ich sollte ihr die Wahrheit sagen.

Ich sage: „Nix."

Plötzlich stürzt sie sich auf mich, schlägt und tritt, will mir das Gesicht zerkratzen.

„Hörst du auf, du Idiotin!"

„Du lügst. Du lügst! Er sagt du lügst!"

„Wer? Du spinnst wohl!"

Ich dementiere nochmals. Halte ihrem prüfenden Blick stand. Sie stößt mich weg und läuft hinaus.

„Wohin?", brülle ich ihr nach, und beobachte den Polster neben mir, der langsam wieder in seine ursprüngliche Form zurückkehrt.

„Zu ihm", brüllt sie zurück. „Zu ihm."

Dann höre ich ihren Singsang im Wohnzimmer, die monotone Arie des Alleinseins. Ich bleibe im Ehebett zurück.

Der König ist tot, es lebe der König!

Schlaftrunken kommen sie aus ihren Zimmern. Das Mädchen hat sich nicht abgeschminkt. Das Abendgesicht hat bis zum Morgen überdauert. Die Farbe sammelt sich in den ersten Fältchen um die Augen und verleiht ihren Zügen etwas Ungebührliches. Die Alte in ihrem Morgenmantel, den sie mit Krähenhand an ihre schlaffe Brust rafft, hat ihr Gebiss in der Eile am Nachtkästchen liegen gelassen. Der Inhalt des umgeworfenen Bechers tropft über ihre Kunstbände.

Ungläubig stehen sie herum, unschlüssig, was jetzt zu tun sei, jetzt, wo das Ziel erreicht ist.

Die Frau erstarrt mit dem Hörer in der Hand, mit kindlichem Ausdruck im Gesicht. Ihre Hand, auf deren schmalen Fingern sie den Ehering trägt, zittert, aber nur ganz leicht, wie die Sehne eines Bogens, nachdem der Pfeil abgeschossen ist. Sie wartet, was ihrem Körper einfällt. Sie möchte den Hörer hinwerfen, sich auf den Boden legen, die Augen schließen.

Da ist der Abgrund, in den man sich fallen lassen möchte. Sie holen tief Luft und atmen auf: es ist fast wie zu Hause.

Die Schwestern verschwinden ins Schlafzimmer der Eltern, ich lasse sie ziehen. Die beiden Frauen bleiben im Gang zurück, zwischen Wohnzimmer- und Küchentür. Es dreht sich ein wirres Karussell. Wut, Trauer, Hass, Zufriedenheit, Angst, Erleichterung. Die Ehefrau legt sehr bedächtig auf. In der Leitung zwischen Russland und Österreich wird es still. Die hauchenden, stockenden, weinenden Stimmen im Hintergrund verstummen. Sie dreht sich langsam zu der Mutter um.

Mein Vater wird, seinem Wunsch entsprechend, in Russland beerdigt. Er hat sich ins Grab seiner Mutter verdrückt, ohne uns um Erlaubnis zu fragen.

In Mütterchen Russlands erdige Arme. Keiner von uns kann an seiner Beerdigung teilnehmen, so wie zuvor niemand Baba Sara letztes Geleit geben durfte.

Im Hause herrscht dickflüssige Stimmung. Die Familie ist in Watte gepackt.

Wie ich den Atem anhielt, um in Mutters Ehebett zu schweigen, kriege ich ihn nun nicht mehr in Gang. Ich verweigere Nahrung. Ich verweigere Luft.

Ich fürchte, die Augen im Finstern zu schließen. Ich wache die Nächte durch, während der Hunger, eine seltsam fremde Erfahrung, in meinen Eingeweiden wütet und meine Schutzschicht schmilzt. Ich lasse nachts das Licht brennen, und fiebere den Morgenstunden entgegen, als wäre der zarte Streifen am Horizont Medizin.

Da sind sie endlich, die bewundernden Blicke auf der Straße, die neidischen der Mutter. Es ist mir egal. Junge Männer rufen öfters bei uns an und scheitern an der telefonischen Hürde, die ihnen meine Großmutter legt.

„Komm sofort nach Hause, Mischka", zischt meine Mutter ins Telefon.

Die geringelte Nabelschnur dehnt sich.

Ich drücke mich ins abgewetzte Altemänner-Samtsofa. Neben mir hat sich Franz, der in einer Cannabiswolke verschwimmt und mich teilnahmslos betrachtet, in Pose geworfen. Er ist mit seiner Trauerarbeit beschäftigt.

Ich sage leise: „Nein."

Wir schweigen. Ich kann ihr Keuchen auch mit zugehaltenem Mikrophon noch hören, sie vermutlich ebenso deutlich das meine.

Franz kichert. Er findet meine täglichen Telefonate mit meiner Mutter, die Aufregung, die entsteht, wenn wir uns mal nicht erreichen, komplett verrückt. Franz geht jeden Sonntag zu seiner Mutter und lässt sich verwöhnen, dann ist wieder Schluss mit trautem Heim.

Mein Freund Franz sagt: „Komm rüber, Baba Yaga Girl", und streckt die Hand nach mir aus. Er duftet nach neuem Zuhause. Ich schließe die Augen und lasse mich nach hinten fallen.

Das Nein ist der Kamm, der, hinter die Märchenheldin geworfen, zum Bergmassiv anwächst. Meine Augen sind rauchig verschleiert. Der Hörer gleitet aus meiner Hand.

Im russischen Märchen gibt es auch Gestalten, die durch Verwundbarkeit und Freiheitsdrang ein jähes Ende finden. Das alte Bauernpaar, das ohne Kindersegen bleibt, löst seine Sehnsucht nach Nachkommen auf unkonventionelle Weise. Die beiden gehen auf ein verschneites Feld und formen dort ein Mädchen aus Schnee. Erschöpft kehren sie abends heim. Am Morgen erwacht das Schneemädchen zum Leben und kommt ihnen in die Bauernstube nach.

Die Alten sind verrückt vor Freude. Sie pflegen und hegen ihr Eiskind, das ihnen hilfreich zur Hand geht und ihr Leben erhellt. Solange es Winter ist, geht alles gut. Das Kind wird im Dorf geschätzt und findet Freunde. Als aber der Frühling anbricht und die ersten Sonnenstrahlen wärmen, will es mit den Dorfmädchen Beeren sammeln gehen und beginnt zu schmelzen. Vernunft und Verbot der Eltern siegen. Traurig sitzt das Eiskind im verdunkelten Holzhäuschen und sieht den anderen durchs Fenster nach. Die Alten trösten es und schärfen ihm ein, den Sommer über nicht mehr hinauszugehen. Eines Abends aber gibt es ein Fest, die Dorfjugend geht zum Tanz. Sie hört die Freundinnen am Fenster nach ihr rufen. Zwei Mal lehnt sie ab. Beim dritten Mal aber hält sie es in ihrer Stube nicht mehr aus, folgt den anderen und tanzt mit ihnen. Das Fest steuert seinem Höhepunkt zu. Ein Feuer wird entzündet. Mädchen und Jungen springen über die Flammen. Das Schneemädchen will nicht kneifen, springt und löst sich in ein Dampfwölkchen auf. No risk, no fun. Manchmal sehen die alten Bauersleute ihr Eiskind noch als Regenbogen über ihrer Hütte stehen.

Unmengen von Haarspray im Haar und eine kleine Aerosolpumpdose in der Tasche mache ich mich auf zu meinem ersten Konzertbesuch.

Ich hätte mich besser rechtzeitig erkundigt, was die „Einstürzenden Neubauten" als Programm anbieten.

Die Menge wellt sich im Sturm der Begeisterung, ich gehe unter. Sie toben und rasen, während ich auf den Boden sinke und dort bleibe, umringt von pochenden, stampfenden, springenden Füßen in Militärstiefeln und bunten Strümpfen, ein albtraumhafter Wald aus unberechenbarer Bewegung. Ich krieche benommen zwischen ihnen hindurch und hinaus. Mit Schrecken stelle ich fest, dass ich nach Luft ringe. Der Weg hinaus ist noch lang. Der Schweiß durchnässt mein durchscheinendes Kleid. Ich fühle den Luftzug, der von der geöffneten Eingangstür hereinweht, ungewohnt an der schamlos bloßgestellten Haut meiner Schenkel.

Meine Finger, die in der Tasche kramen, suchen nach der Form der Dosierpumpe, sie ist verschwunden. Ich bin eine Schlampe, die es nicht besser verdient. Das Medikament liegt irgendwo ausgestreut auf der Tanzfläche, dort, wo ich mich nicht wieder hinwagen werde.

Ich lehne mich keuchend an die feuchte Mauer, den Ausgang im Auge.

Franz hat meine Abwesenheit bemerkt, vermutlich ist der Junge, mit dem er sich angeregt unterhalten hat, auf die Tanzfläche verschwunden. Er kommt. Er sucht mich. Gnädig fängt er mich auf, als ich langsam die Wand hinuntergleite. Tonwellen schlagen mir auf den Magen, der in Bassvibrationen mitschwingt. Sie überspülen meinen Kopf, schließen sich über mir.

Drinnen brüllt Blixa Bargeld.

Draußen weiß ich, dass ich jetzt sofort kotzen werde.

Die Angst vor dem Ersticken ist noch größer.

Ich bette meine triefende Stirn in die dargebotene Hand und würge alles in die Wiese vor dem Lokal. Die Atemnot löst sich auf und verschwindet.

Unbeteiligt darüber ein dunkler Sommersternhimmel, von rastlosen Wolken durchzogen. Ich kippe ihm den Kopf entgegen und lache.

Meine Mutter ahnt, wohin das Schiff steuert, und verschließt die Augen vor dem Aufprall an den Klippen. Zeitgleich mit meinem Innenleben verschleißen meine Kleider zum schwarzen Gespinst, kunstvoll mit Schere bearbeitet und mit Füßen getreten. Hochfahren kommt vor dem Fall. Ich will mir die alte Haut abziehen, eine Maske, hinter der mein porentief reines Gesicht auf mich wartet.

Ich mache mich auf in die Welt hinter dem Spiegel.

Ich bin mir selbst das weiße Karnickel, folge den Pfaden ins Dunkel des Baus und schlage manchmal ängstlich Haken. Wie bei Alice führt der Weg eine lange Zeit steil abwärts. Eine Kopfhälfte kahl rasiert, die andere gefärbt, Hals, Hände, Gedanken befleckt, streife ich ungestraft durch die Wiener Nacht. Wenn ich schlafen möchte, wage ich nicht, dem Dunkel draußen zu begegnen.

Ich schlafe ein in der letzten U-Bahn. Ich schlafe ein direkt vor der riesigen Lautsprecherbox in der Discothek U4. Das Rauschen der Stimmen schlägt über mir zusammen.

Auf dem Treppchen zur Tanzfläche sitze ich. Bewegung erschöpft sich in meinen Blicken. Als würde ich Dibbuk in die Tanzwütigen fahren, lasse ich sie nicht aus den Augen. Mir ist, als hielte ich die Fäden in der Hand, während ich vom blendenden Stroboskoplicht in Scherben zerbreche, bereit, mich immer wieder von Neuem zusammenzusetzen.

Manchmal fällt jemand über mich hinweg und über das Geländer. Manchmal stoßen begehrliche Körper, ineinander verwoben, an meine Füße.

An der Bar steht, im Neonlicht entrückt, lächelnd, eine Madonna mit weißblondem Haar. Unsere Blicke streifen einander nie, und doch habe ich ihr Gesicht verinnerlicht. Den knabenhaft anmutenden Körper in Spitze gehüllt, streckt sie ihre nimmermüden Hände über den Tresen. Ich würde die Welt erobern und zertreten, um ihr nur einen Tag zu entsprechen.

Die Zeit macht alle gleich.

Unsere Töchter sind in zwölf Jahren vernarrt ineinander.

Über mir vibriert die schwarze Wand der Box, die Härchen auf Armen und Nacken sträuben sich. Die Freundin, die uns am Vormittag die Haare mit Bleichmittel ruiniert hat, zündet sich mit zerkratzter Hand ihre Marlboro an. Ihr schmales Handgelenk ragt aus ihrem flattrig-weiten Ärmel. Man kann die Brandwunden, die sie sich täglich mit Zigaretten zufügt, auch im Halbdunkel sehen. Ich beobachte das Ritual, das an den Hautschmuck afrikanischer Stämme erinnert, mit zurückhaltender Ignoranz. Langweilig dieser Vorgang, ich arbeite präziser.

Die Nomadenzeit geht vorüber. Ich werde wieder sesshaft.
Ich erhalte mein Erbe. Das Atelier meines Vaters.
Ein kleines Loch am Margarethenplatz, in einem alten kleinen Häuschen mit Pawlatschen-Gang und weinüberwuchertem Innenhof, mit einem begrünten Dachgarten Eden, der von rüstigen Adams und Evas bewohnt wird. Mit ihren Gehstöcken steigen sie in Zeitlupe aus den Fenstern ihrer Wohnungen in üppige Blumenstauden und Beerensträucher. Die Stadtgeräusche werden verschluckt und keine neuen ausgespieen. Im Hof ist es unwirklich und still, im Hof stehen ein alter Fliederbaum und die Zeit.
Das Klo ist nur über die umrankten Außengänge erreichbar. Im Herbst glüht der Hof in kräftigen Purpurtönen. Im Dezember friert mir manchmal der Tee ein. In klirrender Winternacht kann es passieren, dass ich auf dem Weg aufs Klo verschlafen und mit nackten Beinen in einer Schneewehe lande oder dem Nachbarn, mit dem ich die Toilette teile, bekleidet nur mit T-Shirt und Cowboystiefeln begegne. Franz findet meine Hysterie nicht anregend und verdrückt sich immer öfter.

Ich sauge den Geruch ihrer Einsamkeit in mir auf.
Sie will störrisch scheinen und ist verstört.
Noch hocken sie da unter den Portraits des Kindes mit vier, mit sechs, mit zehn. Sie wirft hasserfüllte Blicke auf die, die sie war.
Die Mutter sieht sich und ihre Welt verraten.
Sie kneift den Mund zusammen und räumt die Lebensmittel, die die Tochter mitnehmen möchte, hinter ihrem Rücken wieder in den Kühlschrank zurück. Die Verräterin wird mit Liebe belohnt, während sie, die treu ist, Vorwürfe erntet.
Die alte Frau steckt der jungen heimlich Geld zu.
Sie will das Enkelkind am Weggehen hindern. Sie folgt ihr bis zum Ausgang. In der Tür streiten sie sich über die blau gefärbten Haare.

„Wenn du mich liebst, dann lässt du deine Haare in Ruhe."
„Wenn du mich liebst, findest du dich damit ab."

Wilde Anschuldigungen werden ausgetauscht.
Sie schreien, sie weinen.
Später, wenn die junge Frau weg ist, wird die Alte sich in ihr Zimmer
zurückziehen und Liebesbekundungen in ihr Tagebuch kritzeln, die
keiner entziffern kann.

Ängstlich klammern sich Mutter und Tochter aneinander, irren durch
die leeren Räume, kaufen Möbel, die sie nicht brauchen können,
stellen Unmengen von Pflanzen auf.

Die Alte verschanzt sich im Stephansdom zwischen den Wiener
Gläubigen, beugt die Knie und schweigt. Bevor sie geht, stellt sie
statt der gewohnten zwei Kerzen nun drei auf. Ein kurzer Blick zurück
zeigt eine flammende Fläche, einen Wärme atmenden Teppich.
Wessen Vaters Tochter bin ich?
Sie ist geblendet.
Die Zahl muss konstant bleiben, denn die Zahl ist das Wort und
das Wort ist das Wissen und das Wissen ist Macht.
Sie kneift die Augen, die sie immer mehr im Stich lassen, zusammen,
bis die wabernde rote Fläche hinter ihren Lidern entsteht, in der
ich, ihr Spaltkopf warte.
Sie weiß es.
Sie reißt die Augen auf, erhebt sich eilig und geht los, bevor die
hohe Halle des Doms sich um sie herum wieder zusammensetzt.
Sie strauchelt.
Ein aufmerksamer Tourist fängt sie auf.
Die Stimmen des Chores steigen über sie hinweg zum gotischen
Kreuzrippengewölbe hoch, vorbei an Heiligenbildern, über die Menge,
verlieren sich im Halbdunkel der nach oben verzweigten Säulen.
Es wird nicht getrauert.
Damit kennen sie sich aus.
Sie können sich keinen Abgang leisten.

Im Wohnzimmer errichten sie einen Altar aus Fotos und Bildern des Verstorbenen. Lenin, der ewig Lebendige in seinem Mausoleum bekommt Konkurrenz in Wien. Wie zwei Soldaten wechseln sie sich ab beim schweigsamen Patrouillieren.

Die Kleider des Mannes hängen immer noch im Schlafzimmerschrank, und seine Decken und Polster bleiben im Ehebett. Seine Frau wälzt sich nachts unruhig auf seine Betthälfte, bis sie an die kühle Wand stößt und erwacht. Dann greift eine Kältestarre nach ihr.

Sie ist plötzlich wieder acht und sitzt unterm Schreibtisch ihres Bruders. Im Gang ertönt das Geschrei ihrer Mutter, und ihr Bruder beugt sich halb erschreckt, halb schadenfroh zu ihr hinunter und teilt ihr mit, dass ihr Vater soeben im Spital gestorben ist. Seiner war es ja nicht. Und wieder ist sie nicht dabei gewesen. Alle Männer stehlen sich davon, ohne sich zu verabschieden. Sie zieht die Knie hoch bis zum Kinn, umfasst sie mit ihren Armen und wiegt sich im lautlosen Weinkrampf.

Die Alte ist zufrieden: alles geht den vorgezeichneten Weg.

Nachts besucht sie der Schatten des Schreckens, den sie an ihre Tochter weiterreicht. Dann wirft sie die doppelte Menge ihres gewohnten Schlafmittels, nach dem sie längst süchtig ist, ein.

Am Tag umgarnt die alte Frau ihre Tochter.

„So ist es mit den Männern. Habe ich es dir nicht gesagt? Sie sterben dir aus den Armen, und nur Kühle bleibt zurück. Und gehen sie nicht von selbst, so jagen wir sie ins Grab. So ist es eben."

Das stille Kind wird noch stiller. Es hat Angst vor all den schweigenden Gesichtern, die sie von den Wänden herab beobachten. Sie tastet mit geschlossenen Augen um die Ecke, um den Lichtschalter zu finden und umzulegen. Sie zwingt sich, hineinzugehen. Sie ist tapfer.

Sie weiß, dass ich hier bin.

Dann setzt sie sich vor den ausgeschalteten Fernseher in den alten Fernsehsessel, lutscht am Daumen und zählt bis drei. Die Mutter jagt sie mit hysterischem Geschrei hinaus, wenn sie sie dabei erwischt.

Franz, der wankelmütige Verräter, entdeckt seine Begeisterung für Ethnologie. Malerei erinnert ihn zu sehr an meinen Vater. Er leidet weit mehr unter dem Verlust, als er sich eingestehen würde. Er ist orientierungslos. Er nimmt mir meine fehlende Leichtigkeit übel.

Ich bin nicht mehr die Tochter des Magiers.

Ich bin ein Friedrich ohne Land.

Das Atelier stellt unangenehme Fragen. Er meidet diesen Ort.

Wir treffen uns nun meist in Nachtlokalen, da seine Eltern keine Hausbesuche dulden. Ich hasse ihn dafür, kann es mir aber nicht leisten, ihn gehen zu lassen, wie ein Nichtschwimmer, der sich an eine Planke voll rostiger Nägel klammert.

Das Atelier ist voller Malunterlagen meines Vaters. Stapel verstaubten Papiers, Tonreste, Farben, verrottende, stinkende Farben, windschiefe Regale voll gestopft mit all dem Kram, den er irgendwo aufgeklaubt hat, um ihn später zu verarbeiten.

Aus dem einzigen vergitterten Fenster erhascht man einen Blick aufs Dacheck und ein Stück blauen Himmels. Wenn es regnet, glaubt man, auf einem verarmten Bauernhof zu sein. Ich liege auf meiner staubigen Matratze auf dem dreckigen Boden, die Kleider neben mir, und sehe schweigend dem Wasser beim Fallen zu. Die ganze Welt ist in ruhelose Stille getaucht. Es gibt keinen Laut mehr, nur das stetige Prasseln. Es gibt keinen Laut, es gibt kein Gegenüber, es gibt nur den Raum, mich und den Regen.

Hinaus über den Holzgang, hinaus auf die Straße, hinaus aus der Haut, aus dem Verstand. Doch ich bleibe mir dicht auf den Fersen.

Ich verreise. Ich vermeide es, länger als zwei Wochen unterwegs zu sein. Nach dem fünften Tag jeder Reise quält mich Verlustangst, die jeden Urlaub zur Hölle geraten lässt. Mitreisende hassen mich dafür. Ich bin der Abturner jeder fröhlichen Reisegruppe. Noch schlimmer: Flüge. Die Angst, der Willkür anderer ausgeliefert zu sein, wird nur übertrumpft von meiner Angst vor der Herzlungenmaschine.

Ich verkaufe die gewaltige Druckerpresse meines Vaters, die die Mitte des Zimmers einnahm, mit dem Gefühl des vollendeten Judas. Mit einer mütterlichen Freundin entsorge ich Unmengen Papier, Karton, Bücher, Stofffetzen, Zeitungen. Das Matriarchat hat gesiegt.

2

Der Eiserne Vorhang ist gefallen. In Berlin ist was los. Franz und ich brechen auf. Prag nähert sich rasant mit jedem Klackern der Gleise unter dem Zug. Es beginnt zu dunkeln, Lichter flackern auf und ziehen vorbei. Ich presse meine Stirn an die feuchte Scheibe, die den Sternenhimmel in einen Rahmen fasst, und betätige den Hyperspeed-Knopf. Das Raumschiff bebt.

Wir taumeln zu später Stunde auf den Platz vor dem Hauptbahnhof. Kaum habe ich das erste Mal wieder Ostblockboden betreten, trifft mich ein Schlag in die Magengrube, als wäre ich in die Bahn einer Abrissbirne gelaufen. Ich gehe zwischen Hradschin und Karlsbrücke in die Knie.

Es ist warm, eine klare Sommernacht.

Franz sinniert inzwischen laut über die Vorzüge der Prager Stricherszene. Das Bedürfnis, die Hände um seinen Hals zu legen und zuzudrücken, wird immer größer. Er ist mein Treibholzstück in den Fluten der Vergangenheit. Er möchte gerne in ein Hotel. Ich habe nicht genug Geld bei mir.

„Ich will es verdammt noch mal angenehm haben", zischt er mich an.

„Ich auch", kreische ich zurück. „Aber ich muss es mir leisten können."

Er ist unangenehm berührt, er schüttelt mich ab. Das nächtliche Prag stülpt sich über mich. Der nächste Zug nach Berlin fährt im Morgengrauen. Franz wird dort eine Woche in schicken Diskotheken und einem hübschen Hotel verbringen, er wird seine Einsamkeit mit Einkaufsorgien und später in der angenehmen Gesellschaft eines Verkäufers aus dem Yamamotoladen stillen. Er wird ein paar Mal bei meiner Mutter anrufen, um nach mir zu fragen, und wird sie nicht erreichen. Was für ein Glück! Sie hätte vor Sorge vermutlich ihre bereits gebuchte Amerikareise abgesagt.

Dann fährt Franz heim. Schlafwagen, Viererabteil. Wenn schon, denn schon. Ich habe die Heimreise verweigert, ich bin noch auf der Suche.

Laura kann die St. Petersburger Kommunalwohnung herzlich gestohlen bleiben. Ich suche nach ihr. Meine neue Unterkunft befindet sich in einem halbverfallenen Haus im Ostteil der Stadt, an dessen Besetzung ich teilgenommen habe.

Ich lüge Laura an, sage, dass ich bei einer Freundin wohne.

„Was ist denn mit Franz?", wird sie mich unverzüglich fragen.

„Der ist bescheuert", beende ich das Gespräch.

„Aber hübsch", höre ich sie noch im Auflegen sagen.

Ich lebe zwischen zusammengewürfeltem Volk. Proletariat. Studenten. Halbkriminelle. Alkoholiker. Idealisten. Gemeinschaftsküche, Groß-WG, besetzte Bäder. Dazwischen streunen Hunde, große und kleine, Promenadenmischungen. Unter den Bewohnern sind auch radikale Feministinnen. Ich schwinge meinen roten BH aus Spitze über meinem Kopf und bekomme eine Ohrfeige dafür. Die minderjährige Bahnhofs-hure, pickelig und drall, ergreift Partei für mich. In ihrer Kammer gibt es nichts, was an Tante Musjas Plastikboudoir erinnern könnte. Ein zerbrochener Spiegel, eine Totenkopfflagge, eine Topfpflanze. Keiner weiß, wo sie herkommt, und niemand will ihr zuhören.

Der Philippino hat jadegrünes Haar und ein frisch geschlagenes Veilchen rund um sein linkes Auge. Abends bietet er mir Tee an. Wir zwängen uns auf sein altes Sofa. Das Bett von Franz ist kuschelweich und immer frisch bezogen. Der Philippino ist weicher als ich. Erschöpft schlafe ich neben ihm ein. Er deckt mich mit seiner Jacke zu.

Einige haben Angebotswürstchen aus dem Supermarkt gegessen und bekommen Pfeiffersches Drüsenfieber, das auch nach dem Verzehr von Katzenfleisch auftreten kann. In ganz Berlin finden Festivals statt. Man sitzt grölend auf der ehemaligen Karniesche des Eisernen Vorhangs und lässt die Beine baumeln. Das Ineinanderströmen von Ost und West hat gerade erst begonnen. Umarmung, Aufbruchsstimmung. Noch. Ich bewege mich an der Schnittkante der Mauerreste und strande mit einem englischen Puppenspieler.

Franz erwartet mich in Wien. Ich habe ein schlechtes Gewissen. Ich rufe meine Mutter an. Sie klingt sehr weit weg.

„Wann kommst du endlich, Mischka? Franz ruft mich dauernd an."

Ich schniefe verächtlich. „Das Weichei", sage ich.

„Immer will er mit mir über deinen Vater sprechen", sagt sie.

Ich flirte den ganzen Tag, danach rufe ich Franz an.

„Sag, dass nicht ich schuld bin", heule ich.

Was ich noch keinem je gesagt habe, gleitet mir leicht über die rotz-feuchten Lippen:

„Du fehlst mir so."

„Komm heim, Baba Yaga Girl. Ich schick dir Geld für den Schlafwagen. Komm endlich heim."

Mein Fehltritt lässt ihn merkwürdig kalt. Der Philippino und ich ver-fressen die Hälfte des Geldes und ich kann nur mehr einen Sitzplatz buchen. Wir hocken vor der Gedächtniskirche. Punks, Bettler und Schmuckverkäufer nisten auf den von der Sonne gewärmten Stufen. Alle schnorren. Würde Franz mich hier sehen, würde er mich verleugnen.

Kaum bin ich in Wien, beschließt meine Mutter abzuheben. Sie packt kurz entschlossen meine Schwester und Großmutter Ada und ver-schwindet Richtung Amerika, einer Begegnung mit der Verwandtschaft entgegen.

Sie packen die Koffer. Sie wissen, dass sie zurückkehren werden, trotzdem erfüllt die Reise sie mit großer Unruhe. Die Frau untersucht die Taschen der Alten und wirft die Hälfte ihres Gepäcks hinaus.

„Soviel Ballast ist nicht nötig, Mutter."

Die Alte braucht das Gewicht, um sich auf der Erde zu verankern. Panik steigt in ihr hoch. Sie kämpfen um den Rucksack.

Das kleine Mädchen sitzt währenddessen auf dem Sofa, in feinen neuen Lackschuhen, sieht mein und ihr Gesicht gespiegelt in der roten Schuhkuppe und kaut am Bändchen ihrer Tasche.

Sie werden nicht erwartet. Sie werden trotzdem fliegen.

Die Kleine ist gewohnt, zu Verwandten abkommandiert zu werden, die sie noch nie gesehen hat. In New York, hofft die alte Frau, wird sie ihren Sohn endlich in die Arme schließen können, und all die Missverständnisse klären.

Sie fahren schweigend zum Flughafen. Die Alte hat am Vormittag Briefe abgeschickt. Sie wird vor ihnen an der angegebenen Adresse erscheinen. Sie geben ihr Gepäck ab, sehen ihm zu, wie es auf dem Förderband in die Dunkelheit verschwindet, gönnen sich eine Mahlzeit im Café, aus dessen Fenstern man die Flugzeuge beim Landen und Aufsteigen beobachten kann.

Die Alte wirkt ruhig.

Die Zahl ist das Wort und das Wort ist das Wissen und das Wissen ist Macht. Ihr Herz jagt unter der sportlichen Bluse, die Finger hat sie in die Träger ihres Kinderrucksacks getrieben. Eine Katze, die Halt sucht am zu hohen Ast erschwert die Bergung.

Die Frau probiert die Rolle der Anführerin an, dreht sich um die eigene Achse, um einen Seitenblick von sich zu erhaschen. Die Tochter am Arm, die Mutter im Auge.

Dann langer, steinschwerer Schlummer. Unter ihnen das Meer, darüber dunkler Himmel. Ein gemeinsames Durchqueren der Finsternis, kulinarisch begleitet von Do & Co.

In New York ist es windig. Hoffnungsvoll sucht die Alte die Gesichter zu erkennen, die hinter der Absperrung in der Empfangszone eine bunte Wand bilden. Sie sieht schlecht. Die Masse bleibt unkenntlich.

Sie horcht angestrengt, sie versucht aus dem Rauschen des Menschenmeeres die eine, die richtige Stimme herauszukennen. Sie weigert sich, den Ankunftsbereich zu verlassen. Kein Rufen, kein Händewinken, auch als die Tochter sie bereits zu einem der gelben Taxis zieht und zum Einsteigen nötigt.

Das Taxi durchpflügt Stadtschluchten, in denen nichts an die Boulevards St. Petersburgs oder an die Gässchen von Wien erinnert.

Gläserne Schluchten voller Licht und Bewegung. Sie sehen verloren nach draußen und halten sich an den Händen. Das Kind schläft, alle Finger der rechten Hand im Mund.

Der Fahrer rümpft die Nase über die angegebene Adresse. Rote

Ziegelbauten mit Feuertreppen. Die Koffer sind schwer. Straßen, die keine Namen, sondern bloß Zahlen tragen, passen zum Mathematikersohn. Die beiden Frauen hoffen, dass er zu Hause ist, wenn sie ankommen.

Das Taxi hält. Der Fahrer stellt ihr Gepäck auf die Straße, daneben das maulende Mädchen. Der Wagen fährt ab.
Sie blicken sich um. Eine Tür sieht wie die andere aus.
Die Frau zögert zu läuten. Die Alte stimmt ein Wehlied an.
Eine der schwarzen Türen öffnet sich. Ein rundes dunkelhäutiges Gesicht erscheint, von geflochtenen Zöpfchen umrahmt.
Die Alte schreckt zurück. Hippies, auch hier!
Der junge Mann lächelt. Auf wen sie warten?
Auf die Russen? Die sind am Flughafen. Verwandte kämen heute an.

Die Frau setzt sich auf ihren Koffer und beginnt zu weinen. Er kommt zu ihnen heraus. Seine Stimme klingt melodisch, sie versteht ihn aber kaum. Er bringt ihre Koffer in seine Wohnung, begleitet die Alte, das Mädchen und die Frau hinein.
Die zwei schielen misstrauisch nach ihrem Hab und Gut.
„Die werden schon kommen, die Russen", meint er beschwichtigend.
Er stellt einen Tee auf. Er hat es oft genug bei seinen russischen Nachbarn gesehen: Immer wird schwarzer Tee gekocht und mit vielen Zuckerstückchen aus kleinen Gläsern in silberner Fassung geschlürft.

Die figurbewussten Damen verweigern den Zucker und schnüffeln an ihren Bechern. Drogen?
Seine Wohnung ist klein. Die Fenster mit bunten Vorhängen geschlossen. Das Licht fällt rötlich gefiltert herein.
Es riecht nach Gewürzen und frischem Popcorn.
Er bittet um die Telefonnummer der Russen und ruft an. Das Tonband des Mathematikers erfüllt den Raum mit schlechtem Englisch. Der

Nachbar meldet die Angekommenen.
Sie warten.

Es ist Abend. Sie sitzen um den Glastisch herum. Im Nebenraum läuft der Fernseher, vor dem die Ballerina ihre Dehnübungen macht. Beschwingte Musik dringt durch die geschlossene Tür und bricht sich an dem Schweigen, das über der Tafel steht. Es gibt Sushi und Salat, am Tisch steht Cola light und Mineralwasser. Hier wird kein Alkohol getrunken. Die Frau des Mathematikers lächelt.
Sie haben sich über eine halbe Stunde ausführlich darüber unterhalten, wie das Verfehlen am Flughafen zustande gekommen sein könnte.
Die Neo-New-Yorkerin lächelt immer noch. Sie holt ihr Fotoalbum hervor, das sie griffbereit hinter dem Tisch aufbewahrt, und legt stolz die Leistungen ihres Sohnes vor, der Architekt geworden ist. Da ein Plan, dort ein Modell, der Umriss eines schlanken Glas spiegelnden Turmes, an dem er mitgestaltet hat. Die New Yorker Sonne blendet selbst aus Fotos. Im Glanz dieser Familie kneift die Frau beschämt die Augen zusammen.
Der junge Architekt weilt auf einem Kongress, ihn erwartet man erst morgen. Die Alte strahlt. Ihr Sohn hält sich immer noch vor ihr versteckt, aber immerhin, er hat sie umarmt, ihr einen flüchtigen Kuss auf die schlaffe Wange gedrückt und sitzt jetzt mit ihr an einem Tisch.
Er nippt nervös an seinem Wasserglas, er hat keinen Bissen zu sich genommen. Er beobachtet, wie die Frauen, die sich in seinem Wohnzimmer versammelt haben, die Speisen mit manierierten Bewegungen auf dem Teller herumschieben.
Seine Tochter macht bei der Show nicht mit.
Sie ist ohnehin Siegerin.

Er würde sich gern zu ihr setzen und ihren präzisen Bewegungen zusehen. Er schielt nach der Tür zu seinem kleinen Arbeitskämmerchen. Es kostet viel, der Mutter zu vermitteln, erfolgreich zu sein. Er muss bis spät in die Nacht arbeiten, um seine unsichere Stelle an der Universität, die eines exotischen und unwichtigen Assistenten, halten zu können. Mit eiserner Disziplin wird er die nächsten Tage von seinem beruflichen Weiterkommen sprechen, wenn er überhaupt den Mund auftut. Die Alte wird in sein Zimmer schleichen, ihn über seinen Tisch gebeugt finden, wird ihm sanft die Hand auf die hagere Schulter legen, und bevor sie die Wärme ihres Kindes in sich aufnehmen kann, wird er ihr mit einer ruckartigen Bewegung seinen Körper entziehen.

Auch die Schwester beobachtet den Bruder. Sie sucht sein Kindergesicht hinter Bart und Falten. Der harte Zug um den Mund verschwindet, je länger sie ihn ansieht. Sie sitzen wieder in ihrem Kinderzimmer, sein Tisch erhebt sich groß und klobig über ihr. Neben ihr seine großen Füße auf einem bestickten Polster, die Hausschuhe hat er abgestreift.
Sie kaut an ihren Zöpfen, sie ist aufgeregt. Draußen tönen Stimmen vom Gang. Er sitzt bewegungslos da, sie glaubt, dass er an seinen Hausaufgaben arbeitet. Drei lange Kindergartenjahre sehnt sie sich schon danach, auch bald so wichtig an einem eigenen Tisch arbeiten zu dürfen. Sich die Haare aus der Stirn streichen, in Büchern blättern, Seite um Seite mit seltsamen Zeichen füllen, bis die Finger voller Tinte sind, eine eigene, respektierte Fläche voll Wissen vor sich, die nur sie allein berühren darf. Später würde dann die Mutter ins Zimmer treten und mit ernstem Gesicht ihre Brille aufsetzen, die Seiten durchblättern und bedächtig nicken. Und sie hätte das Gefühl, etwas vollbracht zu haben.

Seine Füße in den verschwitzten Socken wippen leicht. Auf der rechten Ferse sitzt ein gestickter Fleck. Die Urgroßmutter, die dement auf dem Wohnzimmersofa lebt, hat ihn aufgenäht. Sie kennt keine Namen mehr und kann sich auch sonst kaum noch an etwas erinnern, aber manchmal deklamiert sie ungefragt Balladen, oder sie stopft Socken und stickt Blumenmuster auf die Tagesdecke, die sie aus dem Soldatenmantel ihres Mannes angefertigt hat.
Wie gut, dass sie nichts weiß.

Sie wäre empört über die Lügen ihrer Tochter.

Denn die lügt seit Jahren.

Israil nicht Igor.

Ihre Mutter hat keine Zeit, keine Geschichte mehr.

Ich könnte sie verraten.

Ich aber bin treu und ergeben.

Es ist still an der Oberfläche. Sie möchte hinaufsteigen und nachsehen, wie die kleine Meerjungfrau. Sie kriecht zwischen seinen Beinen hervor. Da merkt sie, dass er nicht schreibt und auch nicht liest, die Bücher liegen achtlos hingeworfen neben ihm.

Er hat das Gesicht in die Hände vergraben. Sie erhebt sich, lehnt sich an seinen Rücken. Spürt durch den Pullover hindurch seine Wärme. Er seufzt und entspannt sich ein wenig. Sein Rücken wölbt sich ihr mit vorsichtigem Druck entgegen. Die Blätter des Baumes rascheln leise im Hof. Von der Straße weht Benzingeruch herein.

Das Geräusch von auseinanderspritzendem Kies. Draußen fährt ein Wagen vor, die Türen werden aufgerissen, ein Alarmsignal ertönt. Dann ein kurzes, aber eindrucksvolles Fluchen. Alarmsignal aus. Türe knallt zu. Schritte im Hof. Beide Kinder lächeln.

Da ruft der Vater nach ihr. „Komm, mein Täubchen! Komm!"

Der zweite Mann ihrer Mutter ist ein begeisterter Bastler, der seine Autos mit Sicherheitsmaschinerien und Extras ausstattet. Wochen wendet er auf, um sie zu entwickeln, und löst sie dann meist selber aus.

Eben hat er die Wohnung betreten. Sie hört seine tiefe Stimme, mit der er jedes Jahr als Väterchen Frost hinter dem geheimnisvollen Vorhang, der die geschmückte Tanne verdeckt, das Neujahrsfest eröffnet.

„Wo ist denn mein Mädchen?"

Der Junge zuckt zusammen, schüttelt die Starre ab und schiebt die Halbschwester beiseite. Sie strahlt, sie tänzelt und schießt auf den Gang hinaus. Während sie sich an der hageren Brust des Vaters

versteckt, fällt ihr auf, dass sein Gesicht angespannt ist, die Wan-
genknochen treten noch stärker als zuvor unter dem Bart hervor.
Sie sieht ihn von unten an, mit einem Lächeln, das nichts Kindliches
an sich hat. Sie weiß, dass er unter diesem Blick weich wird wie
das Eismädchen im Märchen. Sie schlingt ihre Zöpfe um seinen
Hals, drückt sich an ihn, atmet seinen Geruch und fühlt sich unter
einem undurchdringlichen Schild, unter einer sicheren Kuppel, die
sich unzerstörbar über sie spannt.

3

„Geh doch aus, Mischka", sagt Franz.

Ich verfalle in das Sofa, das mich samtgolden umarmt.

„Geh ruhig aus."

Er ist die dunkle Seite des Mondes. Er ist unerreichbar, obwohl ich bloß die Hand auszustrecken bräuchte. Er ist mein goldenes Fischchen, das mir einen Wunsch erfüllt hat und gleich und für immer im tiefen Wasser verschwindet.

Ich lasse den Kopf hängen, während Franz gut gelaunt die Maus bedient, die mit einem verworrenen Kabel an seinem Computer hängt, so wie ich durch die Nabelschnur meines Ungeborenen an ihm.

Die Frist ist um, die Verbindungen zu kappen. Heute wird es offiziell.

Die Eltern sind informiert. Die Wohnung ausgesucht. Der Hochzeitstermin anvisiert. Ohne eine Liebkosung.

Franz sucht pflichtbewusst die Ausstattung des Kinderzimmers im Internet. Er pfeift durch die Zähne und bestellt sich ein stahlgraues Seidenhemd gleich mit. Ich räuspere mich.

Er dreht sich nicht um. Er hat für heute genug getan und ich genug gesehen.

„Geh aus, wenn du willst, Mischka", wiederholt er. „Du könntest dir vorher noch die Schuhe für das Fest kaufen gehen. Wir wollen doch schön sein."

Ich lächle.

„Da hast du Geld."

Ich rühre mich nicht vom Fleck. Wir warten.

Endlich wendet er mir sein hübsches Gesicht zu und reicht mir zwei Geldscheine. Er sucht nach Anzeichen von Begeisterung. Ich versuche nicht einmal, ihm etwas vorzuspielen. Ich nehme das Geld an mich und bedanke mich nicht. Er runzelt die Stirn und schon ist er wieder in seinem virtuellen Geschäft. Ich schweige und höre dem Geräusch zu, das seine Fingerspitzen auf der Tastatur erzeugen. Irgendwann gibt er sich geschlagen.

„Geh doch aus", sagt er noch einmal. „Du kannst auch erst am Morgen wiederkommen. Oder morgen mittags."

Ich streiche über meinen gewölbten Bauch.

Die Tränen sind eigenartig fremd, ich spüre sie wie aus einem kühlen Reservoir aufsteigen, als wäre ich ein Behälter, der Dinge aufnimmt und abgibt, je nach Bedarf.

Er schüttelt den Kopf. Er hat gegeben, was er geben konnte. Auch wenn ich mich eine Woche trotzig nicht vom Fleck rühre und schweige. Mehr wird es nicht. Schließlich erhebe ich mich, male mein Gesicht fremd und verlasse die Wohnung, um sein Geld für unbrauchbare Dinge auszugeben, und zwei Tage später erneut welches zu verlangen. Ich weiß, dass ich auch das bekommen werde, egal, wie viel ich haben möchte. Ich falle in Modetempeln ein, um mein mit Leid erarbeitetes Geld in ein paar Sekunden auszugeben. Der Abglanz der Namen auf dem Etikett soll durch mich hindurch nach außen strahlen. In meiner Achtlosigkeit werfe ich die Meisterwerke in die Waschmaschine und finde ein paar Waschgänge später Kinderkleidchen darin wieder. Ich plündere ihn aus, während er mich verhungern lässt.

Wir sprechen die gleiche Sprache und begreifen kein Wort.

Ich bin eine Meisterin der Übersetzung und versage im Ansatz. Ein weiter Fluss liegt vor mir, voll träger Wasser, gallig gelb, kaum zu durchmessen. Ich setze über, ich habe keine Angst mehr.

Ich habe Franz, den Unentschlossenen, nach zahllosen Trennungen und Wiederannäherungen geheiratet. Die Heirat hat uns einander nicht näher gebracht und auch nicht mehr entfremdet. Er will Männer, braucht aber eine Frau. Er braucht mich als Ausrede vor der Welt. Ich brauche ihn als Ausrede vor mir selbst. Wir führen also eine vollendete Beziehung.

Fröhliche Mütter freuen sich auf ihre ungeborenen Kinder. Ich fühle mich erdrückt. Es gibt keinen Weg zurück. Das Flugzeug hat abgehoben, und wir fliegen nicht nach Litauen. So war es, als ich die geschenkte Katze im Korb nach Hause trug.

Meine Gebärmutter macht einen Satz. Ich verstehe ihn nicht. Sie drückt sich nicht deutlich genug aus. Dann geht mein Herz mit, und als nach und nach weitere Körperteile folgen, beginne ich zu begreifen, dass die Geburt meines Kindes begonnen hat.

Der Liebhaber, der sich zum Frühstück eingefunden hat, wird mit Buttersemmeln versorgt und hinausgeschmissen.
„Ich bin beschäftigt", erkläre ich ihm ins verschlafene Gesicht und reiche ihm seinen Morgentrunk dazu. Er schwenkt am Gang verständnislos die dampfende Kaffeetasse. Ich schließe eilig die Tür, bevor er meinen Namen sagen kann.

Ich sehe aus dem Fenster und beobachte die bulligen Umrisse des Hinauskomplimentierten, der Semmel kaut und um die Ecke verschwindet. Die Kaffeetasse scheint er irgendwo zurückgelassen zu haben. Ich atme auf.
Immerhin muss ich das Krankenhausköfferchen packen, meinen Mann verständigen und auch noch die Körpertherapiestunde wahrnehmen.
Während sich das Ziehen wie ein Netz um meinen Leib legt, pfeife ich vor mich hin, öffne gemächlich den Kasten, gustiere im Nachthemdchenarsenal, wähle winzige Strampelhöschen und Strickjäckchen, von denen ich mir immer noch nicht vorstellen kann, wie sie gefüllt aussehen werden.

Ich telefoniere mit Franz, mache mir einen Treffpunkt mit ihm aus, nehme meine Therapiestunde wahr. Der Therapeut hat einen Bart, der ihm bis zum Bäuchlein reicht. Wie zwei Buddhas sitzen wir uns auf unseren Matten gegenüber und schweigen.
Ich höre ihm nicht zu.
Meine Sinne sind nach innen gerichtet. Draußen sind die anderen.
Zum ersten Mal empfinde ich das Kind in mir als selbständiges Wesen, das etwas will und in Gang setzen kann. Wir wissen, dass ein großes Stück Arbeit vor uns liegt, die wir am besten im Team bewältigen werden. Ein Tanz ist diese Bewegung, vergleichbar mit einem Liebesspiel, während dem man sich annähert und entfernt, immer heftiger,

bis hin zum Schmerz und zur Selbstaufgabe. Diese Ekstase wird mich nicht betrügen.

Abends, als das Ziehen rhythmischer wird, zwinge ich Franz, mit mir ins Krankenhaus aufzubrechen. Er glaubt mir kein Wort. Also gut, wir machen eine Probefahrt.

Wir dösen schon über zwei Stunden im geräumigen Bett des alternativen Geburtshauses. Die Hebamme hat sich wieder verabschiedet. Es gibt noch nichts zu tun.

Gegen Mitternacht erwache ich. Der Schädel meines Kindes kracht gegen meinen Beckenknochen. Ich kann den Aufprall noch fünf Jahre später hören. Mir bleibt die Luft weg, die Knochen knacken. Mein Hüftumfang nimmt augenblicklich um zehn Zentimeter zu.

Wie der Felsen, aus dem Moses die Quelle schlug, gebe ich einen breiten Strom von mir, der das Bett flutet. Der Schläfer erwacht und sprintet los, um das Personal zu suchen. Ich taste nach meinem Taschenspiegel.

Ich hocke in meinem Blut auf dem Geburtshauslaken.

Pressen, pressen, pressen.

Dann überreichen die Ärzte Franz mein Kind. Ich sitze da, die abgetrennte Nabelschnur zwischen den gespreizten Schenkeln, zwischen denen die Hebamme kniet. Ich muss telefonieren. Die Kosmonauten erwarten einen Lagebericht. Die Hebamme runzelt die Stirn, die genauso verschwitzt ist wie meine. Sie zupft ab und an ungeduldig am Nabelschnurrest, der aus mir heraushängt. Wir sind in Erwartung des überfälligen Mutterkuchens. Ich verlange erneut nach dem Telefon. Die Schwestern sind pikiert, das Spital jedoch privat und von meinem Mann gut bezahlt worden. Ich werde erhört.

Während ich ungeduldig den Tönen im Hörer lausche, wird meine Tochter von Franz in ein Seidentuch gewickelt, an seine Brust gedrückt und gewogen. Franz mit Madonnengesicht. Er geht in der Mutterrolle auf, ist mütterlicher als mütterlich: ergriffen mütterlich. Heilig.

Ich muss meine Tochter erst mitteilen, um sie begreifen, empfinden zu können. Die Welt ist brüchig. Erst was ich sage, existiert.

Am Anfang war das Wort. Außerhalb des Blickes gab es keine Liebe.

Der Blick meiner Tochter gleitet fahrig über die mein Gesicht. Ich befühle ihre kühlen, perfekt geformten Finger. Bestimmt ergreift sie die meinen. Ihre Nägel sind lang und wohl gerundet, als hätte sie noch schnell einen Kosmetiksalon besucht.

Ich werde eilig zugenäht. So gründlich, dass ich die nächsten Tage erfolglos zu scheißen versuchen werde. Der Spalt ist geschlossen, aber es ist bereits zu spät. Ich habe die kreisenden Sternnebel gesehen, die Staubpünktchen, ich habe den Schwindel erregenden Sog nach mir greifen gespürt. Ich kenne den Ort.

Ich träume auf Russisch neuerdings. Ich spüre, wie sich die sperrige Sprache in meinem Mund verkeilt wie Treibholz, wie widerborstige Gefühle Barrikaden errichten zwischen mir und meinem Wiener Schrebergärtchen. Das alte Ich erwacht. Beendet seinen Winterschlaf. Die Kleider sind ihm zu eng geworden, und seine Höhle. Bruchstücke fallen auf mich herab wie Goldregen, wie der Inhalt eines Nachttopfs. Kommen Sie, gewinnen Sie!
Ich erwarte etwas, das ich nicht benennen kann, und spüre wie sein Fehlen mich wütend macht. Ich verachte russische Mädels, die hübsch überschminkt und schnatternd meinen Weg kreuzen, verachte die dicken Herren mit goldener Uhr, die ihr Geld bei ihnen loswerden wollen, aber auch die Gebildeten, die mir um die Museen herum begegnen.
Seit über fünfzehn Jahren habe ich Russland gemieden, ignoriert, nun steht es blöde glotzend vor mir, und mir fehlen die Worte. Die Angst, ich könnte verschwinden wie ein Stein im Wasser verlässt mich.

Ich kann nachts nicht schlafen, stehe da, über mein Kind gebeugt, wage kaum zu atmen, und lausche nach Anzeichen des Untergangs. Ich ziehe die dichten Vorhänge zu, weil mich das Sonnenlicht ängstigt. Die Hebamme beobachtet das Treiben mit Stirnrunzeln, aber sie ist alternativ und verbittet sich zu große Einmischung.

Ich sitze wichtig und fett in der Mitte des Geschehens, lausche dummen Erklärungen über Schwangerschaft, Geburt und das Muttersein, füttere unwillig mein Kind, das bald auf Flaschennahrung umgestellt wird, und fühle mich seltsam abwesend. Als hätte ich im Moment der Trennung auch mich in die Welt entlassen, wie eine Mutterzelle, die sich erfolgreich teilt und aufgehört hat zu existieren.

Ich bewahre mein Tagebuch irrtümlich im Kühlschrank auf und habe Angst, Rindfleisch zu essen.

4

Die Zahl ist das Wort und das Wort ist Wissen.

Welchen Vaters Tochter?

Irgendwann hat jede Flucht ein Ende. Sie hat die Pferde zu Schanden geritten, auf Wasser und Nahrung verzichtet, hat alles gegeben, um zu entkommen. Sie weiß, dass die Reise zu Ende geht. Sie pfeift auf Reisebegleiter, die nicht mit ihr Schritt halten können. Sie kennt die einsamen Wanderungen durch die Berge.

Sie kennt Aufstiege.

Die steilen Bergpfade um Alma Ata kommen ihr in den Sinn, staubig und heiß. Die Äste der Apfelbäume, zu Boden gedrückt von ihrer herrlich roten Last. Der Duft des reifen Obstes.

Die Bergluft, stechendfrisch und die Einsamkeit, die ihr das Gefühl verleihen, fliegen zu können. Die Lederträger ihres schweren Rucksacks schneiden ein, aber sie zwingt sich zum Weitergehen. Sie atmet tief und ruhig, sie kennt ihre Stärke. Sie beginnt, ein kleines, sehr bescheidenes Testament anzufertigen. Den Jugendstilschrank der Tochter. Was gibt es noch? Ein massiver, archaischer Armreif mit eingelegten Steinen, den sie in einem kaukasischen Bergdorf erstanden hat. Von altem Samt geschützt in der Kassette aus Holz. Wer ihn trägt, gewinnt magische Kräfte.

Ihr letzter Wille, der ihre Habseligkeiten verteilt, liegt bereit.

Der Schmuck ist ihre Trophäe. Die bevorzugte Enkelin soll ihn erben. Er ist einer wahren Prinzessin würdig. Sie soll die Wanderung furchtlos fortsetzen, von den grobgebeizten Sternen des Schmuckstücks geführt.

Am Stirnrand des Wolkenkratzers sehe ich angespannt über die Brüstung des Fensters. Die Luft im Raum ist schwül und voller medizinischer Gerüche, die mich schwindeln machen. Ich drücke meine Nase in den Spalt des gekippten Fensters. Die Dächer von Wien, hie und da penetriert von gotischen Kirchtürmen. Ein Sonnenuntergang, ein lose gestreuter Schwarm schwarzer Vögel. Sie steigen in vorgezeichneter Bahn auf und sinken ab zu dem Punkt, an dem sie sich in die Stadt verströmen, eine riesige Doppelhelix, deren Körper sich beständig um sich selbst dreht und gleichzeitig still steht. Ich wende meinen Blick ab, hin zur Sonnenfläche. Als ich wieder etwas erkennen kann, ist der pastellgraue Raum über der Stadt leer, als hätte es die Tiere nie gegeben.

Ich bin frisch geschieden. Mein Kind habe ich bei meiner Mutter gelassen, die vor übergroßer Verzweiflung zu geschwächt ist, um Ada beizustehen. Ich würde sie gerne anrufen, habe aber keinen Handyempfang.

Ich warte auf Großmutters Rückkehr von einer Untersuchung, ich sitze im Spitalszimmerchen auf ihrem Bett, verbringe die Wartezeit im Gespräch mit der Patientin im Nebenbett.

Die Zeit läuft sportschauartig. Ich sehe sie mit ihrer Transplantation neben meiner Bahn aufholen, gleichauf laufen, in der Ferne verschwimmen, unter aufbrausendem Beifall der Zuschauer. Ich gönne ihr den Pokal.
Gefangen im kleinen Zimmer, blicken wir forschend in die Wiener Nacht hinaus, auf beleuchtete Zinshäuser und vorbeiziehende U-Bahnen über den alten Stadtbahnbögen. Die Lichtstreifen der Scheinwerfer, die dröhnend lauten Lokale, das Krankenhausrestaurant, sogar die elenden Büsche unten im Hof, das alles ist nur durch die Glasscheibe von uns getrennt und doch eine andere Welt, zu der wir keinen Zutritt haben.

Ihr Zustand ist schlecht. Sie ringt leise nach Atem. Sie wird leben, weil ein anderer gestorben ist. Sein Brustkorb wird freigeben, was sie braucht,
Ich fühle ihren Neid und schäme mich meiner Angst. Kurz danach betritt ein Arzt den Raum. Das fremde Herz ist zu fremd. Tod und Geld bringen Menschen schnell an die Kante. Sie dankt ihm ruhig, wartet, bis er

eilig die entenscheißgrüne Tür geschlossen hat, dreht sich wieder zum Fenster und schweigt. Ich warte auf meine Großmutter.

Sie hat immer noch Lippenstift auf dem Mund. Sie lächelt, während sie sich in der Dusche des Allgemeinen Krankenhauses mit rostroter Betaisodonadusche besprüht. Ein roter Halbmond im Dampf. Sie ordnet ihre Haare. Der herbe Geruch steigt ihr in die Nase.
Sie denkt an ein aufgeschlagenes Kinderknie und Tränen. Sie denkt an eine schiefe Scheune, an eine halboffene Tür, an erstarrte Körper links und rechts von ihr, sie hört Gelächter, von sehr weit weg, sie hört ihr Herz so laut wie damals. Sie spürt einen Hauch an sich vorüberziehen, wie ein Magnetfeld, ihre Haare folgen der Richtung des Zugwinds, das Gelächter ebbt ab und wird ausgelöscht, bis es wieder ganz still ist in ihr. Sie atmet tief ein und unmerklich wieder aus.
Israel verschwindet. Übrig bleibt Igor.
Sie kann nicht weinen. Sie sieht rostfarbene Rinnsale ihre Schulter hinablaufen und weiß, dass sie allein ist. Die Füße in der braunen Duschtasse.

Die Tür geht auf, meine Großmutter wird in einem Rollstuhl hereingeschoben. Ihre Bewegungslosigkeit ist befremdlich. Klein und zart sitzt sie mit einer Decke, die über ihre Knie gebreitet ist, da. Ich sehe ihr bleiches, gefasstes Gesicht.

Ich will sie umarmen, sie weicht mir aus und streckt mir statt ihrer Hand ihr silbergraues Ledertäschchen entgegen.
„Geh doch runter und kauf mir einen Kaffee, Mischenka."
„Bist du sicher", setzte ich an, doch da hat sie mich bereits mit liebenswürdigem Lächeln unterbrochen: „Oder irgend etwas anderes. Du wirst schon was finden."
Ich schniefe.
„Geh jetzt", schneidet sie mir das Wort ab. „Bitte."

Noch kann ich ihn berühren, diesen ungeteilten Körper, noch bin ich und sie ganz. Höflich hat sie mir den Weg abgeschnitten. Die Tür schlägt hinter mir zu, ich jage den Gang zum Lift hinunter. Adas Täschchen baumelt an meinem Arm.

Das Buffet ist geschlossen. Ich werde den Automaten suchen müssen. Ich öffne die Tasche und wühle. Etwas klimpert darin, ich greife danach.

Ein gerahmtes Fotomedaillon, das auf ihrem Hausschlüssel befestigt ist. Als ich es öffne, blicke ich mir selbst entgegen. Mit schwarzem Filzkäppchen und blauen Haarsträhnen. Es geht abwärts.

Als ich das Medaillon zurücklegen möchte, kippt das Täschchen, das ich über der Schulter trage. Adas Pass fällt heraus und bleibt aufgeschlagen auf dem Boden liegen. Ich bücke mich, hebe ihn auf, schaue das Foto an und lese den Namen darunter. Ich muss zwei Mal hinschauen, um es wirklich glauben zu können: der Name lautet Rahel Israilowna.

5

Was machst du, wenn die Wände sich um dich schließen? Was machst du, wenn die Hand, die du hieltest, seit du dich erinnern kannst und Worte kennst, in kalter Umklammerung deine Finger quetscht, bis du sie ihrem Griff gewaltsam entwinden musst? Denn ihre Zeit ist stehen geblieben, aber deine läuft noch.

Unter dem fröhlich gelben Laken liegt seitlich zusammengerollt der kindergroße Körper meiner Großmutter. Sie sieht konzentriert aus. Ihr Blick, weit offen aber schleierig, geht an meinem Gesicht vorbei, zu den vom Wind geschüttelten Parkbäumen des Krankenhausparks hinaus.

Ich lehne am leeren Bett neben dem ihren.

Sie hat mir nichts zu sagen.

„Geh."

Dabei ist doch sie die, die unterwegs ist.

„Wer ist Rahel?", würde ich gerne fragen. Ich wage es nicht mehr.

Widerspruch ist in ihrer Zuneigung nicht vorgesehen und Liebe ein begehrtes Gut, das selten Säuen zum Fraße vorgeworfen wird.

Ich setze den dampfenden Becher mit Kaffee am Nachtkästchen ab, rücke den Blumenstrauß zurecht, den ich mitgebracht habe. Ich wage es nicht, sie zu berühren, als ob das Überschreiten der Grenze sie bremsen könnte. Ich schließe die Türe hinter mir.

Sie schließt die Lider und sucht.
Ihre faltigen Finger tasten auf der Oberfläche des Leintuchs.
Sie hält inne. Das Gesuchte ist ganz nahe.
Wenn sie aufhört, es zu suchen, wird sie es haben können. Sie kämpft mit alten Schatten, die sie nachts besuchen, in immer knapperen Intervallen. Sie benötigt Kraft, die Bilder fernzuhalten,

die zu ihr drängen. Der Widerhall eines Schreckens und das Echo des Schreckens vor dem Schrecken.

Israil. Nein, Igor.

Der Kampf macht sie taub und blind.

Ihr Kopf gerät in pendelnde Bewegung, ähnlich der meinen, sie spürt den Schatten und hebt sich ihm entgegen.

Igor.Igor.Igor.

Die trüben gasförmigen Schichten wechseln ab mit klareren Streifen der Erinnerung.

Igor, nicht Israil.

Einzelne Bilder schälen sich aus dem Nebel.

Welches Vaters Tochter bin ich?

Gestalten, Stimmen, die Zahl ist das Wort und das Wort ist das Wissen und das Wissen ist Macht.

Umrisse von Städten, von weit weg betrachtet, Gesichter in grob-körniger Großaufnahme.

Israil, nein Igor.

Meine Oberfläche verschmilzt zu ihrem Innenleben, wird lauter, die Zahl ist das Wort, wird fordernder, und das Wort ist das Wissen, wird dreidimensional und das Wissen ist Macht, wird umfassend.

Ich bin die Zahl.

Israil. Nicht Igor.

Israil. Israil. Israil.

Umfassend wie mein Blick.

Die Zahl muss gleich bleiben.

Die Zahl ist drei und wir sind angekommen.

Drei ist das Wort.

Drei ist das Wissen.

Drei ist die Macht.

Drei Tote.

Drei Ehen.

Drei Töchter.

Drei Mütter.

Drei Männer.

Die erste Ehe mit siebzehn geschlossen, mit neunzehn geschieden. Unerfahren, leidvoll. Die zweite Liebe, kurz vor dem Krieg, mit einem patriarchalen Kaukasier, von dem sie ihren Sohn empfängt. Der Beginn des Krieges. Die Flucht aus dem bald darauf belagerten St. Petersburg. Knapp dem Hungertod entkommen, mit ihrem kleinen Kind auf einem Frachtschiff quer durch Russland. Das ländliche Leben in der Heimat ihres zweiten Mannes. Das Ende der Kampfhandlungen ist auch das Ende der zweiten Ehe. Sie lässt sich von niemandem halten. Ihre Karriere geht vor. Sie wird an die Universität berufen und verlässt den tobenden Macho, der jeden Kontakt zu seinem Sohn abbricht. Sie kehrt mit ihrem Kind zurück, um bald darauf die dritte und letzte Ehe einzugehen.

Aus ihr entstammt ihre Tochter, das gewünschte späte Kind, vom Halbbruder mit finsterem und missgünstigem Blick verfolgt. Der dritte Mann erkrankt bald schwer. Wird innerhalb kurzer Zeit dahingerafft und hinterlässt die nun steinern verschlossene Witwe und das verschreckte Mädchen, das den Gehässigkeiten des großen Bruders nun schutzlos ausgeliefert ist.

Sie wird ihre Tochter nicht retten.

Auch diese ist mir versprochen.

Sie sieht mich an und saugt die Bilder in sich auf, die ich ihr großzügig anbiete. Gesichter, Landschaften, Texte ihrer Bücher. Alles hat Platz und in der unaufhaltsamen Bewegung hat alles seine Richtigkeit.

Rundum Gedränge und Geschrei, während ihr kleiner Sohn auf dem Deck des Schiffes zwischen ihren Habseligkeiten mit seinem Holzpferdchen spielt. Sie weiß, dass sie sich und ihr Kind gerettet hat. Sie ist ruhig. Sie hat keinen Grund, unruhig zu sein, denn ich bin bei ihr. Sie hat mir im Austausch dafür ihr erstes Kind versprochen, und ich habe zugestimmt. Die Kammer ist voll mit falschem Gold, das ich gesponnen habe, bald wird sie zum zweiten Mal geehelicht werden.

Das Lachen ihres ersten Mannes, des jungen Taugenichts, der sie trotz all seiner Mängel verzaubert. Die Bootsfahrt mit ihm und seiner heimlichen Geliebten. Sie, die aus Eile ihr Jäckchen zu Hause liegen ließ, friert im kühlen Wind. Starrt auf die gekräuselte Wasserfläche des Sees, auf der die ersten rötlichen Blätter treiben. Sie ist ruhig.
Die erfahrenere Rivalin bietet ihr ihren Mantel an, während er rudert.

Ihr eigenes Kinderspiel in der gepflegten Stadtwohnung, in die sie nach dem Krieg gezogen sind. Die wohlwollenden Blicke ihrer Mutter, Damastvorhänge, weiche Teppiche, die die Geräusche auslöschen und Spielzeug aus Porzellan. Das Kätzchen, das sie als Fünfjährige geschenkt bekam, und der Glücksschwall, den sie kaum ertragen konnte, bei der Berührung des zarten Körpers.

Ihr Gesicht, kindlich gerundet, mit Stirnfransen und flachsblonden Haaren. An der Hand ihrer Mutter im Abendlicht.
Sie stehen vor einer Scheune, im schwarzen Umriss der Tür, die Blicke sind starr nach links unten gerichtet.
Sie weiß, was die beiden sehen.
Ihre Fingerkuppen lösen sich vom kühlen Leinen und heben sich mir entgegen. Schrecken ist erblich.
Die geweiteten Augen des Kindes, das zwischen die reglosen Eltern gedrückt im Heu hockt, sind starr auf die Bretter der Schoberwand gerichtet. Durch die Spalten im Holz dringt trübes Abendlicht ein, das von marschierenden Körpern draußen immer wieder gebrochen wird. Es riecht nach trockenem Gras.

Es ist totenstill drinnen. Sie hört das schwere Atmen, das aus ihrer eigenen Kehle kommt und sich mit dem Atem der Erwachsenen mischt. Sie weiß, dass die Mutter lautlos jiddisch betet, spürt die Worte, die an ihren Nacken gehaucht werden, wagt den Blick nicht loszureißen von der leicht geöffneten Tür, durch die Gesprächsfetzen dringen. Das Stampfen von Soldatenstiefeln, das Schmatzen des feuchten Erdreichs. Klang es anfangs so, als ob sie sich entfernten, so kehrt der Tumult jetzt wieder zurück. Der Griff der Mutter um ihren Brustkorb verstärkt sich, ihre Hand liegt über dem kleinen, jagenden Herzen, dessen schnelles Klopfen bis in die Fingerspitzen der Mutter pocht. Geschrei. Gelächter. Die zeitlose Stille wird zerrissen wie die dichten Spinnweben am Eingang des Heuschobers, als die knarrende Türe aufgestoßen wird.

Schwarze klobige Umrisse ragen gegen den Nachthimmel auf.

Die Mutter schreit.

Der Vater schweigt. Schweiß rinnt über seine Stirn.

Sie stürmen herein, viele, eine unkontrollierte, tosende, nach Alkohol riechende Springflut. Der Vater reißt die Arme hoch, Windmühle und Don Quichotte in einem. Schon sind sie über ihm und schleifen ihn abseits, während die Mutter immer noch betet.

Ein lauter Knall.

Das Wehklagen der Mutter wird übertönt vom schrillen, durchdringenden Schrei des Mädchens. Sie greift nach dem Hals der Mutter und klammert sich so todesfest an sie, dass die zurückkehrenden Männer die beiden nicht voneinanderreißen können.

„Bringt sie zum Schweigen!"

„Sie soll den Mund halten! Und komm mit nach draußen."

Die Frau nickt, doch das Kind, von einem sichereren Instinkt geleitet, verdreifacht seine Anstrengungen und bohrt die Finger noch fester in das warme Fleisch der Mutter. Sie greift nach dem Leben. Sie ist wild entschlossen.

„Ach was", meint der zweite Soldat und senkt sein Gewehr. „Lass die Judenweiber, komm." Er wendet sich ab und verschwindet in den Nebel hinaus, während der erste noch unschlüssig zwischen der armseligen Pieta und der Türe schwankt. Der Mutter ist das zitternde Kinn auf die Brust gesunken, ein feiner Speichelfaden hängt daran.

Das Kind brüllt immer noch.

Durch die geöffnete Holztür sieht es in der Ferne den Widerschein brennender Gebäude. Draußen um die Ecke liegt ein Körper in einer schwarzen Lache im Dreck. Die Stirn des Vaters ist immer noch feucht. Im Stiefelabdruck neben ihm steigt langsam Flüssigkeit hoch.

Das Kind steht da und starrt ihn an. Es meint, einen sehr hohen Ton zu vernehmen, der es beinahe ertauben lässt. Ihr Schrei hat ein Eigenleben dazugewonnen. Er ist zurückgekehrt.
Sie fühlt ein Bersten in sich. Eine Zersplitterung. Ein Ablösen.
Es fällt von ihr ab in tausend Bruchstückchen. Sie steht da im Partikelregen. Ein Sog, mit eigenem Schwerpunkt, ein Zusammenfließen, ein Auffangen. Sie willigt stumm ein. Sie wird in eine warme Schutzhülle geschweißt. Die Farben der Umgebung treten zurück, die Landschaft ringsum verblasst, aber nur ein wenig, als hätte sich eine Plexiglasscheibe zwischen sie und die Welt geschoben, die alle Geräusche von draußen dämpft. Sie holt Atem und überlässt sich dieser Schwerelosigkeit, die ich ihr nun für immer verspreche.
Und was ich verspreche, halte ich.
Alles wird konstant bleiben.
Kein Schmerz mehr. Keine Angst. Kein Leben.
Leerlauf statt Bewegung.

Die Mutter, von dem Kind gerettet, wird nun vom Kind gehasst, nein, verachtet. Es liest, es lernt, es stählt seinen Körper mit gnadenlosen Gymnastikübungen morgens und abends. Die Erinnerungen, die ab und zu in dem Mädchen wüten, sollen durch Schmerz und Schweiß aus ihr, der Getriebenen, getrieben werden.
Sie will vor allem eines: Gelassenheit. Ruhe. Kontrolle.
Dafür ist sie bereit, über Leichen zu gehen.
Sie will das kalte Herz.
Dafür braucht sie mich.
Ich habe sie von der Angst abgespalten und vom Leben.
Zu teuer dieser kurze Moment der Machtlosigkeit, damals in der Scheune. Sie hat ihrer Mutter, der einzigen Zeugin, ihre Herkunft, ihren tödlichen Makel, nie verziehen.

Jetzt ist sie nie mehr allein.

Ich, ihr Spaltkopf, werde ihr folgen, werde ihr ihren Schmerz neh-men, ihre Freude und ihr Begehren, werde aufmerksam größer und größer wachsen. Mein Hunger wächst mit.

Sie wird mir ihre Kinder überlassen.

Ich bin treu. Ich kann alles nehmen.

Sie glaubt, dass dieses Erlebnis sie von Ängsten aller Art gehäutet hat. Wer vergisst, dass er mal ein Opfer war, wird leichter zum Täter. Wer lange nicht hinsehen möchte, bezahlt dafür.

Zuerst nur mit Schlaflosigkeit, dann mit einsetzender Erblindung.

Doch sie macht trotzdem, was sie will.

Sie ändert den Namen ihres Vaters, der sie verraten hätte, von Israil in Igor. Sie nennt sich Ada. Nicht Rahel.

Sie hängt sich ein Kreuz um.

Sie ist blauäugig und blond, sie ist unauffällig.

Ada Igorowna. Die zukünftige Professorin.

Ihre Mutter hingegen trägt den Samen des Nebels bereits in sich. Es wird noch Jahre dauern, bis sie versinkt im klebrigen Vergessen. Sie wird die Tochter in später Rache nicht mehr erkennen. Unter der schön bestickten Decke im Wohnzimmer liegen. Recht so. Je weniger sie weiß, desto mehr weiß ich.

Am nächsten Morgen ist sie bereits ein großes Stück weitergegangen. Das Morphium war gute Wegzehrung, es macht ihren Schritt ruhig und sicher.

Ich bin eine Sprinterin, die über kurze Strecken aufholen kann, um mein Versprechen einzulösen. Ein wenig noch werde ich neben ihr herlaufen, so dass wir gerade noch reden können, so wie man es auch empfiehlt.

Ihr Bett ist mit einem Laken von dem am Fenster getrennt. Hinter dem Tuch sitzt erstarrt eine ältere Dame, die es nicht wagt, an unserem Ritual vorbei auf den Gang zu flüchten. So ist sie gezwungen, dem Schattenspiel beizuwohnen.

Meine Mutter und ich haben ihre Lieblingsikonen als Postkärtchen um sie herum aufgestellt, der Erzengel am schwenkbaren Esstischchen, Madonna mit Kind über dem Bettgalgen. Mir sind sie fremd. Ich lese tibetische Mantras. Religionsbausteinchen, beliebig erweiterbar, aus denen man wunderliche Gebäude errichten kann, mit Zwiebeltürmchen, Escherschen Bogengängen, finsteren Verliesen. Zwanghaft finde ich dazwischen Zeit, ab und an in den Spiegel zu gucken, ob mein Make-up noch hält.

Ihre Augen sind geschlossen, sie braucht das trügerische Licht nicht, um ihren Weg zu finden. Prüfend pendelt ihr blickloses Gesicht mit geblähten Nüstern hin und her, als ob sie die Richtung wittern wollte. Ich brauche ihren Blick nicht, um Kontakt zu halten. Der Pfad ist schmal, wir rempeln uns ab und an, wir drängen aneinander.
Meine Mutter bleibt zurück.
Ich nehme sie nicht mehr wahr.
Adas früher muskulöse, nun schmale Arme holen schwunghaft aus, als ob sie mit einem Stock bergauf steigen würde. Als ob sie nach etwas tasten, greifen würde.
Aufwärts geht es. Stoßweiser Atem. Hin und wieder legen wir Verschnaufpausen ein. Dann blättere ich auf der Suche nach Wegbeschreibung das Tibetische Buch vom Leben und Sterben durch.
Die Zeit beginnt für uns beide unterschiedlich zu laufen. Ich begreife, dass ich demnächst werde abspringen müssen.
Alles ist so klar und einfach, dass es mich verwirrt.
Drei Mal setzen wir zum Sprung an.
Drei Mal weichen wir zurück.

Ich spüre den Luftzug, das Emporgerissenwerden, die Trennung der Verbindung, den Schwenk der Kamerafahrt, schräg seitwärts. Dann weit über mich hinweg, die auf dem Plateau verharrt und zurückbleibt. Eine Weile regungslos wie sie. Ich lege meine Hände vorsichtig auf ihren Bauch, der noch angenehm warm ist. Kaum habe ich schweißnass tief durchgeatmet, entweicht aus ihrem gewölbten Brustkorb, den kein Herzschlag mehr erschüttert, ein dumpfes Stöhnen, als hätte sie es sich noch einmal überlegt.

Der Laut breitet sich aus und bleibt über uns, die sich aneinander-
klammernd stehen. Die Zimmernachbarin springt auf und schießt auf
den Gang hinaus.

6

Sie sitzt an ihrem Schminktischchen, die Hand ruht auf dem zerschlissenen Seidenstoff des Buches vor ihr. Keine kyrillischen Buchstaben zieren den Deckel, kein Seidenpapier trennt die Seiten.

Der Ehering steckt immer noch an ihrem Witwenfinger. Den Ring ihres Mannes hat sie der Tochter übergeben, der genau auf ihren gröberen Finger passt. Die Tochter hat ihrerseits den eigenen Ehering abgelegt und den Vaterring angesteckt. Endlich ist sie mit dem verheiratet, der von Anfang an ihre Bestimmung war.

Sie trägt wieder den Vaternamen und den Vaterring.

Die Mutter sitzt vor dem geschwungenen Spiegel, sie verschwendet keinen Blick auf ihr Gesicht, dessen Konturen zu verwischen beginnen. Sie streichelt den glatten Buchdeckel, als könnte sie die Haut der Mutter noch einmal berühren, die Haut des Mannes, ihre eigene Mädchenhaut. Draußen wird es langsam dunkel, das Licht bricht und macht das Lesen kaum noch möglich, die Buchstaben entwinden sich ins Halbdunkel, ins blau getönte Licht, werden eigenartig und fremd, wie die vergangenen Jahre. Sie kneift die Augen zusammen, feine Linien graben sich in ihr Gesicht. Sie hebt das Buch höher.

„Ich liebe sie schmerzvoll", steht da in unruhiger Schrift. Seltsam. Schmerzvoll, schreibt sie, als ob es eine verbotene Liebesbeziehung wäre.

Die Frau schüttelt den Kopf.

Das Tagebuch ihrer Mutter zittert in ihren Händen, die Schrift tanzt vor ihren Augen.

„Ich liebe sie schmerzvoll, weil ich Angst habe, alles zu verlieren…"

entziffert sie weiter.

„Immer wenn das Kind die Schwelle der Wohnung überschreitet, leide ich. Was kann ich tun, um sie zu halten? Ich kann nichts festhalten und nichts hält mich. Ich kann ihr nichts mehr verbieten."

„Das Kind!" Als ob es ihres wäre!
Aber alles war ihres, alles, alles.
Das erste Kind, das zweite Kind.
Sogar der Schwiegersohn.
Die ganze Familie.

Sie legt das Buch abrupt auf der Glasfläche ab. Sie schlägt es zu, Staub steigt auf. Seitenweise nur die Enkelin. Die Enkelin. Die Enkelin.
Und davor: der Mathematiker. Beide eine Geschichte des Verlustes, beide begehrt wegen ihrer Abwesenheit. Und was ist mit ihr? Was ist mit ihr, die treu nicht von ihrer Seite wich, all die Jahre? Sie hört ihre Eingeweide heftig rumoren. Ihr wird übel.
Ihre verlorene Tochter ist jedenfalls zurückgekehrt.

Sie hat die feindliche Welt verlassen, hat es endlich eingesehen, ihren Helm gehorsam aufgesetzt und das Mikrophon eingeschaltet. Schwer geht ihr Atem in der Atmosphäre des Heimatplaneten. Jetzt, wo es zu spät ist, die Alte zu trösten.

Wieder ist die Familie, wie es sich gehört: Mutter, Tochter, Enkelin.
Bis der nächste Mann die Bühne betritt, früher oder später.
Dann kann das Spiel von Neuem beginnen.
Keiner verlässt den Raum, den ich festlege.
Die Zahl muss konstant bleiben, denn die Zahl ist das Wort und das Wort ist das Wissen und das Wissen ist Macht. Es darf keine Änderung geben: die Lektion ist gut gelernt, mit der Muttermilch wird sie aufgesogen und im Mark gespeichert.
Ich sorge schon dafür.

Aus Adas werden Rahels, aus Müttern Witwen und aus Witwen neue, selbstbewusstere Damen. Aus Rebellinnen werden Hausfrauen. Ich wollte doch gar nicht Lotto spielen.

Um mein Gesicht nicht ständig zu verlieren, blicke ich in meinen Taschenspiegel. Manchmal bis zu dreißig Mal am Tag. Überall und immer blicke ich in den Spiegel. Und immer verfolgt mich das Gefühl, dahinter noch ein Augenpaar zu erkennen, das seinen Blick in ruhiger Konzentration auf mich gerichtet hat.

Ich hasse mein Fotogesicht, das mir aus Familienalben und aus vielen Portraits meiner Eltern entgegenglotzt. Eine bescheuerte Maske, die mich unkenntlich macht. Ich blicke in den Spiegel in den Pupillen meiner Liebhaber, ich blicke in die Zeitungen, ich suche mich in den Werken in Kunstmuseen, in den Fotos meiner Verwandten, im Spiegel der Glasfläche der Bar. Wie schade, dass ich dabei weder den Liebhaber noch die Kunstwerke, die Verwandtschaft oder die Bar wahrnehme, obwohl ich mich nicht in ihnen finde.

Ich setze mich heimlich an Mutters Schminktischchen, wenn sie mit meiner Schwester die Veranstaltungen der Sonderschule besucht. Wenn sie mit ihren russischen Freundinnen ins Café Diglas geht, um Apfelstrudel und Kaffee zu genießen.
Sie scheint die Nacht zu entdecken. Ich lächle wie eine weise alte Bitterhexe.
Ich kenne die Nacht und ihre vermeintlichen Geheimnisse, sie locken mich nicht mehr. Wenn es dunkel wird und die Lichter unbekannter Orte aufglimmen, sticht sie in die Nacht. Ich reiche ihr Schild und Schwert, sage artig, ob der Lippenstift noch richtig sitzt, und versperre das schwere Schloss, während die Absätze ihrer Pumps ihren Weg hinab und hinaus deutlich bestätigen.
Bald ist sie öfter abends unterwegs als ich, die von Männern und Kerzenschein genug hat. Als ich es vor dem Fernseher nicht mehr aushalte, streiche ich durch die stille Wohnung, in der unsere zwei Kinder schlafen. Betrachte lange die dunklen Flecken am Boden des kleinen Zimmers, das einmal meines war und in dem nun meine Schwester wohnt. Meine, den Kerzengeruch deutlich wahrzunehmen. Das jagt mich schnell ins Atelier zurück, dorthin, wo mein Klappbett mit dem Soldatenmantelüberwurf steht und das Gitterbettchen meines Kindes. Eine

halbe Stunde später der nächste Rundgang durch die Vergangenheit, monoton begleitet vom Blick in die zahlreichen Spiegel. Er endet vor dem Schminktischchen, wo ich in die Pupillen meines Spiegelgesichtes starre. Ich möchte meine wandelnde Hütte zurück, die auf mein Wort gehorcht! Meine eigenen vier Wände, von einem kleinen, hübschen Zaun aus Menschenknochen umgeben.

Es dunkelt. Das Sofa in Mutters Atelier ist schon gerichtet. Meine Tochter schläft in ihrem Kinderbettchen.
„Das Handtuch! Hast du es?!"
Nein. Ich will mich nicht waschen.
„Mischka! Das Handtuch!!!"
Ihre Stimme insistiert.
Dreck ist gefährlich.
Dreck verdeckt die Schönheit.
Das Wahre ist selten das Schöne.
Ich aber will mich fühlen wie eine antike Vase, die man aus dem Staub bürstet. Ich will gefunden werden.
Vorläufig muss ich mich gedulden, bis ich eine eigene Wohnung habe.
Eine eigene Persönlichkeit. Ein eigenes Leben.

Ich lasse mich halbhäuslich nieder, da raschelt es unerwartet auf mich herab: Die Aktbilder, die die neue Alibibraut meines Ex zum Objekt haben und für deren Entstehung meine Mutter verantwortlich ist, regnen vom Regal auf mein Lager. Die Stimmung ist durchaus herbstlich, denn die Blätter fallen, fallen wie von weit.
Beigebraune Pinselstriche überall, durchkreuzt von kleinen schwarzen Haarecken. Die Abgebildete ruht auf dem gleichen Sofa, auf dem ich nun süß träumen soll. Mutter hat sie auf einem roten Samtüberwurf in anregenden Posen inszeniert. Mit Genuss hat sie es verabsäumt, mir auch nur ein Sterbenswörtchen davon zu erwähnen. Franz wird auch Jahre nach unserer Scheidung bei ihr zum Tee geladen. Mit seiner neuen Frau. Ich sitze da wie Danae im göttlichen Goldregen, der keine Gefahr bedeutet.

Nicht zu fassen, was so harmlose Dinge wie Hochzeiten mit Menschen anrichten können. Ungläubig halte ich das Billett mit goldenem Rand in meiner Unglückshand. Ich muss zweimal lesen, bis ich verstehe. Der schöne Franz will es scheinbar noch einmal wissen, obwohl er dabei nichts erkennen möchte. Mein schöner Exfranz begegnet mir im Supermarkt zwischen Küchenrollen und Putzmittelregalen und hat am Finger ein verdächtiges Glänzen. Auf den Ring angesprochen übergibt er mir die Einladung.

Ich werde dieser Einladung Folge leisten. Im Reigen Fremder und Altbekannter mein zweiter Hochzeitstanz. Mit wehendem blauen Kleid und Abbruchsblutung zwischen den Beinen. Voller Trotz habe ich diese Schwangerschaft abgebrochen.
„Mischka, du weißt doch genau, in was für einer Lage... nein wirklich", hat er gesagt. Ich habe meinen Taschenspiegel hervorgeholt und habe aufmerksam hineingesehen. Dann habe ich ihn wieder zugeklappt.
„Denk doch mal nach. Denk doch bitte selber mal nach."
Keiner hat mich begleitet, wie damals ins Geburtshaus.
Das Todeshaus betritt man meistens allein.

Eine Woche später erscheine ich blutend auf seiner Hochzeit.
Ohne Begleitung. Ich hätte schon längst die Toilette aufsuchen müssen.
Mit grimmiger Entschlossenheit will ich aber noch eine Tanzrunde lang ausharren. Ich bewege mich im Schutz des Halbdunkels.
Genug ist nie genug. Die Welt ist groß: Im Nebenraum kann man einen fressbedingten Rundgang unternehmen. Süße Bohnenpastetchen in hellgrün und rosa, frisch aus Japan. Verziert mit eleganten Sojatupfern, gleich neben den k. und k. gelb golden herausgebackenen Wiener Schnitzeln auf silbernen Mensatabletts. Mozzarella mit Kirschtomaten mit Basilikum, in den italienischen Farben. Spinatstrudel mit Tsatsiki, polnische Apfeltorte mit großen Stückchen in eigenem Saft. Nigerianischer Fleischbohneneintopf, scharf und eigenartig fremd duftend, mit einem großen grobgeschnitzten Löffel darin. Blinis mit Kaviar, daneben das Tellerchen mit gesalzenem Sauerrahm. Wer nicht gerade

tanzt, schlendert zwischen den langen, mit Leintüchern provisorisch gedeckten Tischen, ausgerüstet mit Pappteller, Plastikbesteck und kreisendem Falkenblick.

In einer riesigen geschliffenen Glasschüssel türmt sich farbenfroh der Fruchtsalat auf, gekrönt von einer ganzen, riesigen Ananas. Als Fünfjährige hätte ich dafür mein Leben gegeben. Der Tisch daneben geht über von Blumengestecken und Gewinden.
Der afrikanische Schwager versucht erfolgreich, seinen Sohn und mein Kind mit gegrilltem Hühnchen abzufüllen. Die Schwester meines Ex-mannes sieht ihm aufmerksam dabei zu, eine Locke um den Zeigefinger gewickelt, das Gesicht, das dem meiner Tochter so ähnlich sieht, in die ruhende Handfläche geschmiegt. Den roten Seidenschal am blassen Hals. Streng schaut sie, und ein wenig verloren. In der ersten Reihe fußfrei: ein japanisches Pärchen. Sie mit weiß geätztem langem Haar und Minirock, er graumeliert und streng. Sie führen ihren Sohn als dressierten Affen vor. Auf gebellten Befehl nimmt der Junge verschiedene Kampfpositionen ein. Zartes, mädchenhaftes Gesicht, konzentrierter Blick, zitternde Oberschenkel. In zwei Jahren wird sein Vater seine Frau halbtot würgen, während der Sohn ihn mit dem Handy filmt. Nur mit einem kleinen Köfferchen fliehen Mutter und Kind aus der gemeinsamen Wohnung.
Die Menge klatscht. Manche ekeln sich.
Ich blicke unauffällig in den unter der Tischplatte aufgeklappten Taschenspiegel. Mitten in meine weinerlichen Bärenaugen.
Die Musik setzt wieder ein. Eine indische Männertanztruppe in Anzügen und Krawatte hüpft Pansprünge mit synchron schiefgelegten, lächelnden Gesichtern. Ihr Boss hat gegeltes Johnny-Depp-Haar und einen funkelnden Swarowski-Totenkopf am Kragen.
Alles dreht sich. Die Paare und die Einzelkämpfer.
Meine Tochter wiegt sich mit seligem Lächeln, gut aufgehoben in der Menge. Manchmal streifen wir uns, wenn der Strom der Tanzenden uns aneinander vorbeiträgt.
Ihr Schritt ist sicher. Das ist auch mein Verdienst, auf den ich stolz bin. Ich habe ihr den Boden unter den Füßen geschenkt. Die Wurzeln, die mir nicht sprießen wollen.

Meine Geschichte blutet sich aus mir heraus. Wo ich gestern zu Hause war, ist morgen verändert, und übermorgen vergangen. Es stört mich nicht mehr.

Mein erstes Kind hat sich fein herausgeputzt. Das zweite habe ich mir versagt. Mein Aktueller ist verheiratet und hat auch vor, verheiratet zu bleiben.

Ich würde den schönen Franz gerne töten, so wie das Ungeborene vor einer Woche. Eine Baba Yaga darf das. Man kann es sogar von ihr erwarten.

Die Musik schluckt alle Geräusche.

Ich hole tief Atem und tauche ab.

Ich wollte eine Nixe sein. Es ist sich aber nur eine Baba Yaga ausgegangen.

Ich wollte eine Nixe sein. Mit fließendem Seetanghaar und beredten Augen.

Wollte Männer an meine Klippen locken und wäre bereit gewesen, für eine menschliche Seele stumm und mit schmerzenden Füßen zu tanzen.

Um mich herum wirbeln Inder, Japaner, Türken, Wiener, Afrikaner, Deutsche. Wenn ich die Wahl zwischen zwei Stühlen habe, nehme ich das Nagelbrett.

7

Während die Familie zerfällt, melden sich die Verwandten zurück. Der eiserne Vorhang ist vor kurzem gefallen. Noch kennen die Auswanderer dessen Ähnlichkeit mit dem Schleier der Salome nicht. Durch die entstandene Lücke sickern Menschen in den Westen, hungrig, ängstlich, hoffnungsfroh.

Die als Clan zusammengeblieben sind, bemitleiden die, die viel verloren haben. Die schon lange in Europa leben, bedauern jene, die nun nach Israel ziehen, so wie sie früher die Nachzügler bedauert haben, die nach Amerika gingen und dem alten Kontinent den Rücken kehrten. Stolpersteine gibt es genug, da wie dort. Die Neuamerikaner bedauern jene, die das Land der unbegrenzten Möglichkeiten nie betreten haben, die es nicht wagten, sich dem American way of life zu stellen. Die in Israel leben, verachten die, die zu feige waren, die eigentliche Heimat zu betreten.

Sie alle verstehen die nicht, die in Russland geblieben sind. Man belächelt sie wie einen alten Kettenhund, den man von der Kette schnitt und der trotzdem in seiner Hundehütte Zuflucht sucht.

Anders als bei der ersten Welle der Emigranten, besitzt die nachfolgende Generation ein wenig mehr an Information. Es kursieren Gerüchte, es entstehen Mythen und Erfolgsgeschichten. Gut Ausgebildete haben tatsächlich Chancen. Im Strom der Hochqualifizierten trudelt auch Onkel Salomon, der Installateur mit der gebrochenen Nase, im folgenden Jahr mit seiner Familie nach Tel Aviv. Ljuba und ihre Töchter werden sich in Jerusalem niederlassen. In der ungewohnten Hitze werden sie sich zu Formen reduzieren, die meinen durchaus ähnlich sind. Ich erhalte Fotos, die sie am Strand in gewagten Bikinis dokumentieren, Fotos von allen Dreien in neuen Kleidern beim Verzehr exotischer Früchte, strahlend vor Stolz. Der Einzige, der bleibt, ist Nathanael, der sein Reich dem älteren Bruder abgetrotzt hat und nicht vorhat, es in Frage zu stellen.

Doch bevor es so weit ist, schielen die Auswanderer der ersten Generation noch nach der alten Heimat. Sie beeilen sich, sie wollen alles noch in der Ordnung antreffen, in der sie das Land verlassen haben, die Vergangenheit einholen und ihren Vorsprung ausbauen.

Ich spüre, dass diese Reise sein muss, obwohl sie mir zutiefst zuwider ist. Etwas in mir befindet, dass der Zeitpunkt gekommen ist, das Grab meines Vaters zu sehen.

Durch den verfallenen jüdischen Teil des Friedhofs gehen. Mich auf der Grabplatte niederlassen und nachdenklich auf die Inschrift blicken, so wie ich es in Seifenopern gesehen habe. Vielleicht mit tragischem Gesicht einen Strauß Blumen und heiße Tränen hinterlegen, und mich, von einem eleganten Begleiter gestützt, mit unsicherem Schritt entfernen. Am besten unter einem Sonnenschirm und mit Schleier, um meine makellos bleiche Haut zu schonen. Ich ahne, dass es anders ablaufen wird. Egal. Es muss sein, und ich werde es in Angriff nehmen. Jetzt, wo ich eine Wohnung gefunden habe, die ich bald beziehen werde, hoffe ich, meine Spiegelsucht einzudämmen, wenn ich durch den großen Spiegel meiner Kindheit gehe.

Mit mulmigem Gefühl begebe ich mich durch den Plastikschlauch der Gangway in den Uterus des riesigen Jumbojets. Düster verhängt ist die Landschaft, die ich aus den kleinen runden Fenstern in der Dämmerung erkennen kann.

Wien zerfällt hinter mir, noch bevor wir abgehoben haben.

Vor ruhigem Entsetzen in den Tunnelblick gezwungen, nehme ich Platz auf dem Stuhl, auf dem ich die nächsten drei Stunden schweißgetränkt verbringen werde. Seltsam, in dem riesigen Flugzeug sind nur vier weitere Passagiere. Die sitzen ein paar Reihen weiter und fixieren mich misstrauisch.

Dralle, unbewegliche Apparatschiks in grauen unbeweglichen Anzügen. Genormter Blick, genormte Visage. Die Aktenkoffer wie Waffen neben sich. Weiße steife Krägen, herausquellende Doppelkinne, intelligente Schweinsäuglein. Ihre Blicke gleiten über mein Haar, mein grünes Gesicht, das schwarze Kleid. Die lustigen kleinen Glocken, die ich mir in die Zöpfchen geflochten habe, um nicht verloren zu gehen.

Die abgebissenen Fingernägel, die indischen Ringe, die riesigen Kopf-
hörer, die mir Schutz geben. Sie können sich keinen Reim auf mich
machen.

Mit alten Aeroflotmaschinen fliegen zu dieser Zeit ausschließlich alte
Sowjetbeamte, die im Westen arbeiten dürfen. Ihre Vorstellung von Wiener
Geschäftsleuten, die nach erster zaghafter Öffnung sporadisch die UdSSR
aufsuchen, deckt sich nicht mit meiner Erscheinung. Außer uns steigt
keiner mehr zu. Nach einer halben Stunde rollt die Maschine los.

In der kafkaesken Leere des Passagierraums erscheinen zwei Ste-
wardessen, wie ich im Halbdunkel verloren. Ich fühle den Druck der
zunehmenden Geschwindigkeit auf meinem Körper, als würde ich durch
den Sitz geschoben werden. Die Räder lösen sich mit einem Ruck von
der Erde. Ich schließe die Augen und mache sie erst lange Zeit später
wieder auf, als sich die Nacht schon fest um uns geschlossen hat.
Die Flugbegleiterin stellt ein Plastiktablett vor mir ab, auf dem sich ein
farbloses Hühnerstück, mit Weintrauben garniert, und eine Scheibe
Brot befinden. Ich werfe einen gequälten Blick darauf, erkenne das
Menü wieder, das ich schon vor dreizehn Jahren während des Fluges
nach Wien serviert bekam, und würge an der Mahlzeit. Das Tablett
gerät in Schieflage, entgleitet meinen Händen, das Huhn landet auf
meinem Schoß. Bevor ich ohnmächtig werde, suche ich an ihm Halt.

Ich sehe eine kleine, altertümliche Flasche, die die ratlose Stewardess
vor meine Nase hält, während sie mich erschreckt auffordert, fest
daran zu riechen. Ich will aussteigen. Sofort.

Als ich eine Stunde später russischen Boden betrete, fällt mir erst in
der Ankunftshalle auf, dass ich das Hühnerbein immer noch in meiner
Hand halte. Die Beamten sind so erschlagen von meinem Auftritt, dass
ihnen dieses Detail nicht weiter verwunderlich erscheint. Angewidert
durchwühlen sie meinen indischen Rucksack. Ich weise stolz meine
Identität vor. In meinem Pass eine Fotographie aus meiner Punk-
Hochblüte: ein silbernes Hühnerbein im Ohr. Haare und Augenringe
sind königsblau, mein verwanztes Schirmkäppchen ebenfalls. Mein

Kaninchen ist auch auf dem Foto: sein Kopf, an meinen geschmiegt, passt genau in meine Kinn-Halsbeuge. Der russische Zollbeamte verlangt, auf Bakshish hoffend, das Vorweisen des Tieres. Schluss mit lustig. Mit Schaudern erinnere ich mich an mein dummes Gesicht, den Heulkrampf, das idiotische Herumwühlen in meiner Kosmetiktasche, bis ich ihn mit gebrauchten Lippenstiften abspeisen kann. Meine Tränen und vor allem meine leere Tasche überzeugen ihn.

Ein Stempel wird in meinen Pass gehämmert, direkt neben den Stempeln der DDR, der USA und Israels. Ich bin ein internationales Zuchtschwein mit guten Papieren. Ein Lebendtransport. Das knallende Geräusch reißt mich aus meiner Trance. Ich entsorge das Huhn und suche vergeblich nach Cola, dem Gruß der neuen Heimat.

Ich weiß nicht, wo ich mich befinde. Ich klappe meinen vergammelten Reisepass zu, verstaue ihn im Rucksack, wanke Richtung Milchglastür zum Empfangssaal. Ich fixiere meine spitzen Schnallenstiefel. Hoffentlich empfinden meine Verwandten mich als Schrecken erregend, damit sich die Reise lohnt. Ich habe Wochen für die Zusammenstellung gewagter Kombinationen aufgewendet.
Die Milchglastür gleitet zur Seite, ich erkenne eine dickliche, ältere Frau mit Brille, die sich erwartungsvoll vorbeugt. Außer mir gibt es niemanden abzuholen. Zögernd gehe ich auf sie zu. Das soll meine hübsche Tante Alla sein? Die lustige Rothaarige im Minirock, die mir Märchen vorgelesen hat? Ihr Gesicht spiegelt Freude. Sie ruft meinen Namen. Mischka. Ich bin angekommen.

Als wir das Gebäude verlassen, um zur Bushaltestelle zu gehen, fühle ich die Erde schmatzend mit ihrem ganzen unerträglichen Gewicht an meinen Schuhsohlen haften. Ich kämpfe die Panik nieder und reiße die Füße mit Anstrengung hoch, um mich Mütterchen Russland zu entwinden.

Im Fahrzeug Richtung St. Petersburg stehen wir in Habtachthaltung zwischen zahlreichem Volk. Der Bus ist überfüllt, sein hinterer Teil schleift immer wieder funkensprühend über den Asphalt. Der Einritt in die Stadt meiner Geburt wird getrübt durch das rhythmische Gekeife einer Alten hinter uns. Erst als wir uns auf die Straße hinauswälzen, fällt mir auf, dass sie nicht zufällig schimpft, sondern mich im Visier hat. Nach ein paar Schritten hat sie mich im anschwellenden Wortstrom auch schon feindselig und unerwartet kräftig in die Seite gezwickt. Mir bleibt der Mund offen. Außer sich vor Empörung brüllt sie mich an, augenblicklich die Stadt zu verlassen. Leute wie mich brauche Russland nicht. Eine Schande! Tantchen reagiert ruhig-aggressiv. Sie verscheucht sie ebenso sprachgewaltig und amüsiert sich sehr.

Sie zieht mich mit sich in die Metro hinab. Wir benützen die tiefe Rolltreppe, gesäumt von prachtvollen Lustern, deren Licht auf eintönig fahle Haare, Kleider und Gesichter fällt. Die Wände sind mit Marmor getäfelt. Die Menschen drehen sich nach mir um, manche lachen mich an, manche lachen mich aus. Einer begrüßt mich als Blauen Vogel der Hoffnung. Ich entscheide, die zerknitterte Mütze eilig aus dem Rucksack zu holen. Großtante ist begeistert. Sie hat Gesprächsstoff für die nächsten Wochen.

Kaum sitzen wir in der U-Bahn, kramt sie ein Plastiksäckchen hervor und drückt es mir in die Hand. Ich öffne es und erkenne seltsame, schwarze Strünke mit aus Rissen breiig hervortretender Masse. Bananen? JA. Drei Wochen alte Bananen. Sie hat sie für mich aufgespürt und bis zu meiner Ankunft aufgehoben, ohne sich ein Stück davon zu gönnen. Ich fühle mich schuldig, schuldig, dass ich Überfluss beanspruche, während sie so selbstverständlich das wenige, das bleibt, teilen will. Schuldig, weil ich dieses Land, das mir trotz aller Ängste auch einen seltsamen Kitzel verschafft, jederzeit verlassen kann. Ich würge eine halbe Antikbanane hinunter.

Wir schweigen bis zur Endstation, passieren den ehemals prächtigen, nun aber heruntergekommenen Winterpalast, der allein durch seine Größe immer noch Ehrfurcht einflößend wirkt, mit den gewaltigen, schmiedegusseisernen Laternen davor. An den breiten Treppen zu den riesigen Eingangstoren stemmen sich statt der herrschaftlichen

Pferdegespanne kleine Passantenfigürchen mit ihren Regenschirmen gegen den beißenden Wind.

Durch die verwinkelten Gässchen voller venezianisch anmutender Kanäle und Brückenbögen, vorbei an kleinen, gemütlich-holzgetäfelten Imbissbuden, manche mit völlig leerer Theke, aber gut gefüllt mit Besuchern, andere ausgiebig bestückt mit Leckereien verschiedenster Art, dafür aber ohne einen einzigen Kunden.

Als ich zielstrebig einen der Läden ansteuere, zieht mich meine Tante lachend zurück. Das ist nur etwas für „gleichere" Bürger. Wir haben keine Valuta, Spezialgutscheine. Sie sind Parteibonzen vorbehalten. Das Westkind verspricht eine großartige Unterhaltung zu werden.

Später streune ich auf der schwierigen Suche nach Geschenken für mein Kind in einen riesigen Univermag, eine Art Shoppingmall, gelegen in historischen Bogengängen der Innenstadt, vor der früher, als ich klein war, ein riesiger ausgestopfter Bär gestanden ist. Hier hat Onkel Wanja einmal im Monat seine Rente in der Spirituosenhandlung gelassen.

Ich würde ihr gerne ein Schmuckstück mitbringen, eines von der Sorte, wie meine Großmutter es mir vererbt hat. Meine Kronprinzessin soll eine kleine Aufmerksamkeit aus dem verlorenen Königreich erhalten. Die funkelnden Glasvitrinen der Schmuckabteilung sind innen eindrucksvoll mit nachtblauem, tief einsinkendem Samt ausgekleidet, die Räume geräumig und hoch und mit Kristalllustern ausgestattet. Die Verkäuferinnen aufgetakelt und übel gelaunt.

Erwartungsvoll beuge ich mich über die breite Theke und pralle erstaunt zurück: der samtige Untergrund ist völlig leer.

Der Anblick ist befremdlich. Ich blicke ungläubig auf die an der Stirnseite des noblen Ladens angebrachte Uhr im Goldrahmen. Sie zeigt halb vier Uhr nachmittags. Ich wende mich an die Verkäuferin, die meine Bewegungsabläufe interessiert beobachtet. Sie wird wohl schon alles abgeräumt haben, vermute ich. Darauf bricht sie in infernalisches Gelächter aus, das ihre aufgetürmte Frisur in schwingende Wellen legt. Hier ist schon lange alles abgeräumt.

An den kühlwindigen Ufern der Newa, die nach Meer riechen, bohrt sich der goldene Stiel des Admiralsgebäudes noch immer in den verhangenen Himmel. Die Wasserfläche, durch den Wind zu Wellen mit Schaumkronen aufgewühlt, erstreckt sich endlos von einer Seite zur anderen. Die Stufen zum bleigrau schwappenden Wasser sind voll grünen Schlicks, aus dem sich bronzene Greife erheben. Mit gehorsam am Rücken zusammengelegten Flügeln, messingfarben glänzenden, entblößten Reißzähnen sind sie zum Äußersten bereit. Jeweils einer auf jeder Treppenseite, halten sie sich hypnotisch starrend gegenseitig in Schach. Wie Sindbad würde ich ihnen gern ein großes Stück meiner Wade anbieten, wenn sie mich nur unverzüglich nach Hause brächten.

Die verkehrsdurchströmten Boulevards sind ungewohnt breit, die Ausmaße der Altstadt so mächtig, dass sich Wien dagegen als niedliche Modellstadt ausnimmt. Ich ducke mich vor den großen Abständen zwischen den Herrschaftshäusern. Der Blick erscheint verzerrt, als hätte ich LSD eingeworfen. Ein knallgelber Trolleybus biegt, die langen Fühler zart in unsere Richtung ausgestreckt, behäbig um die Ecke.

Die Wohnung der Tante Ljuba, in der ich schlafen soll, ist eine braune Symphonie in Plastik. Dieses schon von weitem offenherzig sich offenbarende Material ist aus Anstandsgründen mit Nussholzmaserungen versehen. Mimikry. Schon an der Eingangstür baumelt ein Schnurvorhang aus beigefarbenen rasselnden Plastikperlen. Überhaupt sind sie sehr vorsichtig mit allem Naturbelassen. Die bunt bedruckte Tischdecke in der Küche ist aus PVC, die im Wohnzimmer vielleicht nicht, dafür wurde eine dicke Schicht durchsichtiges Polyäthylen darüber gespannt, genauso wie über das Sofa. Sicher ist sicher. Der Geruch, der mir entgegenschlägt, stößt mich wie einen unartigen Hund Nase voran in meine Kindheit.

Das Vorzimmer birst aus allen Nähten. Alle sind hier, um mich willkommen zu heißen. Sie lachen, drücken mich an sich, küssen mich ab, duzen mich, als wäre ich all die Jahre hier ein- und ausgegangen, als hätte ich heute Geburtstag zu feiern. Die meisten Gesichter, die sich unbekümmert fröhlich an mich pressen, erkenne ich nicht. Bärtige und rasierte, faltige und glatte, eingecremte und geschminkte, mit

Brillen und ohne. Sie stellen sich nicht vor, weil sie annehmen, dass ich sie alle kenne. Sie imprägnieren mich mit ihrem Geruch und ihrer Geschichte. Mir schwindelt es. Ich schäme mich für den leichten Ekel, der in mir aufsteigt.

Ich kann nicht einstimmen in ihren Überschwang.

Liebe geht durch den Magen und verabschiedet sich durch den After. Die Familienamöbe hat mich fest in ihre Mitte geschlossen. Sie schwenken Fotos meiner Großmutter Sara, der ich so ähnlich sehe, und fühlen sich durch diese Ähnlichkeit berechtigt, mich als ihresgleichen zu beanspruchen. Sie schreien durcheinander. Wie Baba Mascha, wie Baba Yaga. Dann wieder wird mir vorgeworfen, Baba Saras Andenken mit meiner unmöglichen Frisur zu schänden.

Meine immer noch fetten Zwillings-Cousinen sind behäbig massive Anker in den Wogen der übrigen Verwandtschaft. Sie kreisen mich ein, pulen mich aus der Menge heraus. Wir verdrücken uns ins Nebenzimmer, während Ljuba, Galya und die anderen Frauen durcheinanderschreiend und lachend den riesigen Tisch decken, der in kürzester Zeit vollbeladen ist wie im Märchen. Dann fallen sie als Knüppel-aus-dem-Sack über meinen Koffer her und bestaunen die Wiener Wunder.

Sie passen nicht in meine mitgebrachten Kleider. Wie lange habe ich darauf gewartet, überlegen großzügig mein westliches Leben vor ihnen auszubreiten! Einmal die Siegesgewissheit auskosten zu dürfen. Mein Verlust hat sich ausgezahlt. Sie haben zwar keinen Riss quer mittendurch, sie haben ihre fürchterliche Welt in einem klobigen Stück behalten dürfen, doch dafür verachte ich sie. Für das gärende Gift in mir verachte ich mich auch. Sie haben Stupsnäschen und prachtvolle lange Mähnen. Viele bunte Ringe auf den kleinen, quadratischen Fingern, mit denen sie meine T-Shirts hurtiger durchwühlen als die Zollbeamten. Traurige, schöne Kuhaugen und einen dunklen Flaumbart über den Lippen.

Die sorgenden Hausfrauen haben den ganzen Tag für mich gebacken. Die Küche duftet nach Dingen, an die ich mich nur wortlos erinnere. Sie behandeln mich mit einer Mischung aus Bewunderung, Freude,

Mitleid und Gier. Onkel Salomons Tochter ist gertenschlank und sehr ansehnlich, wäre da nicht die starke Brille, die ihr Gesicht hinter grob gerahmten Scheiben verschwinden lässt. Es gibt keine Kontaktlinsen hier. Sie ist sehr eitel. Sie gesteht, dass sie öfter auf ihren Sehbehelf verzichtet. Dann ist sie per Tastsinn unterwegs. Zwischen uns herrscht eine Stimmung nüchternen Warenaustauschs. Ich habe keinen einzigen Brief, den sie an mich abgeschickt haben, jemals beantwortet.

Im Wohnzimmer hat man für mich zahllose Geschenke vorbereitet, was den Eindruck eines Kindergeburtstags noch verstärkt. Die Männer öffnen Weinflaschen und sitzen ansonsten entspannt Pfeife rauchend und philosophierend im Wohnzimmer. Ich meide die mit bunt bestickten Polstern bedeckte Couch zwischen ihnen. Ich weiß, dass mein Vater darauf seinen letzten Atemzug tat, den Kopf auf dem Schoß meiner dicksten Tante.
Es läuft Vyssotzky, einer der Lieblingssongs meines Vaters.
„Ein wenig langsamer, ihr Rösser."
Sie wiegen sich gedankenverloren im Takt. Ich denke an meine Tochter, die in Wien auf mich wartet, kippe aus dem Rhythmus der Musik und bediene mich am liebevoll gerichteten Buffet.

Das Gelage nach meiner Ankunft kommt mich teuer zu stehen. Meine Tante hat auf meine Bitte mit Fettcreme gefüllte Windbäckerei gebacken, die ich als Kind geliebt habe und die es in Wien nicht gibt. Ich fresse, stopfe sie in mich hinein, fülle mich damit ab, bis ich mich nicht mehr rühren kann. Am Ende des Festes sinke ich auf das geblümte Sofa und falle in einen tiefen Schlaf. Ich nächtige in meinen Straßenkleidern, ohne mich abgeschminkt zu haben auf dem Totenbett meines Vaters, und erwache morgens mit stechenden Schmerzen im Unterleib. Ich werde hysterisch.

Das ist die Strafe für all meine Schuld. Ich werde sterben, jetzt und hier. Ich lege meinen Kopf mit geschlossenen Augen wieder auf die Sofalehne, als wäre der Korb der Guillotine direkt darunter. Meine Ergebenheit dauert fünf Minuten. Dann muss ich an meine Tochter

denken, springe heulend auf und stürme das Schlafzimmer der prü-
den Ljuba.

Die fährt mit schreckgeweiteten Augen hoch und rennt in ihrer beige-
braunen Unterwäsche in der Größe eines kleinen Zeltes zum Telefon,
um die Rettung zu verständigen.

Ich winde mich auf dem Sofa. Die Schmerzen ebben etwas ab, die
Inszenierung steigert sich hingegen noch. Ich rechne fest damit, dass
auch ich dieses Land nicht mehr verlassen werde. Der Arzt trifft ein.
Kniet sich neben mein Krankenlager, runzelt die Stirne hinter goldener
Brille, öffnet seine alte Ledertasche, die streng nach Medikamenten
riecht, und kramt eine riesige Glasspritze hervor.

So eine habe ich zuletzt in einem Wiener Museum gesehen. Ich fühle
mich spontan geheilt, noch ehe er mich in die unsäglich peinliche
Lage bringt. Ich werde aufgefordert, die Fäuste unter die „entblößten
Gesäßhälften" zu legen. Dabei verwendet er einen medizinischen
Ausdruck, der jedem Russen bekannt ist, mir aber nicht.

„Was wohin?" wimmere ich.

„Sie wissen doch, was Jagoditza bedeutet, stellen Sie sich nicht so
an", hebt er ungeduldig die Stimme. Da draußen warten schlimmere
Fälle auf ihn als dieser Fall spontaner Hysterie.

Meine Gedanken rasen. Jagoditza klingt verdächtig nach Jagodka, was
wiederum die kleine Beere bedeutet. Ich spüre, dass mir wenig Zeit
bleibt, bis er die Geduld verliert. Er hebt das riesige gläserne Gerät
gefährlich nahe an mein Gesicht.

Ich versuche, seine Hilfe abzuwehren, und frage nochmals, was das
denn sei. Er lässt zu meiner Erleichterung das Instrument wieder sinken
und sieht mich an, mit einer Mischung aus Empörung und Besorgnis.
Dann wiederholt er nochmals sehr deutlich und ruhig.

„Die Hände. Unter die linke Jagoditza."

Ich blinzle hilflos und rühre mich nicht.

Er setzt zum Schreien an. Ich heule los.

Meine bleiche Tante öffnet die Glastür und schwenkt den österreichischen Pass vor seiner Nase. Die nächste halbe Stunde quetscht

er mich über Greenpeace und die Grünen in Wien aus, ohne mich zu behandeln. Ich bin froh, dem martialischen Injektionsobjekt entgangen zu sein und habe vor Schreck keine Schmerzen mehr.

Schließlich geht er unter Lobgesängen auf den Walschutz ab und lässt mich mit der Diagnose „rettungslos überfressen, Reizmagen" allein. Ich schlafe wieder ein und stehe bis zum Einbruch der Dunkelheit nicht mehr auf.

„Leise", sagt Ljuba.

Sie steigt schwer atmend den letzten Treppenabsatz hoch, während ich in eigenartiger Starre vor der grün lackierten Tür mit dem selben abgewetzten Türschild stehe, das früher einen halben Meter über meinem Kopf angebracht war. Die Aufforderung ist völlig unnütz, ich wage kaum, laut auszuatmen, damit die da drin mich nicht hören. Ich kann das Schattenreich nicht verlassen, so sehr ich mich auch anstrenge. Ich selbst rufe mich blöde zurück, ich selbst falle immer wieder auf den alten Trick herein und wende mich um. Ich bin durchgefroren vom nasskalten Wind, der uns den ganzen Weg vom Friedhof begleitet hat, weder die Jacke, noch der Schal, noch meine Haut halten ihm stand. Ljubas Regenschirm halte ich immer noch in der Hand wie Mary Poppins, die darauf wartet, dass der Wind sich dreht.

„Nun läute doch!"

Ihr Parfum erreicht mich noch vor ihren Worten, schwer, warm, ein Geruch, der mich fest umhüllt, seit wir die braune Plastikwohnung verlassen haben. Ich bin ganz sicher, dass ich bereits davon durchdrungen bin und noch in Wien nach ihr riechen werde, wie zuvor schon den Weg über im Bus, und dann die lange Strecke zu Fuß, bis zum Friedhof, bis zum Grab meines Vaters.

Während wir uns der jüdischen Abteilung des Friedhofs nähern, werden meine Schritte immer langsamer, immer leiser, schleifen über den Kies. Schöne, alte Grabsteine, zum Teil bereits unter Vegetation verborgen, ragen wie alte Drachenzähne aus dem Boden. Es ist neblig, wie so oft in St. Petersburg um diese Jahreszeit. Irgendwo sind Schwäne, ich kann ihre Schreie durch den Nebel hören. Früher habe ich sie mit Ada im anliegenden Park gefüttert, während sie mir vom Schwanensee erzählte. Der arme schwarze Schwan hatte Unglück im Glück der Übrigen und von mir stellvertretend als Strafe nichts bekommen. Das Geräusch geht mir durch Mark und Bein. Ich versuche Ljuba, die trotz ihrer Fülle recht zügig vor mir hermarschiert, an der Hand zu fassen. Sie trägt dicke Lederfäustlinge und ich gleite ab, ohne dass sie meinen Versuch hat wahrnehmen können.

„Wir haben Blumen da hingepflanzt", sagt sie fachmännisch. „Wenn du willst, kannst du auch welche setzen."

Ich schweige. Das Grab macht Arbeit, meint sie, aber sie pflegt es schon lange, auch Baba Sara und ihr Mann, den ich nie kennen gelernt habe, liegen da drin. Ljuba klingt, als ob sie ihre Verwandten besuchen würde, mit einer Selbstverständlichkeit, die mir völlig unbekannt ist. Man muss oft kehren, das Gras überwuchert die Grabplatte, aber mit starkem Putzmittel gehe es ganz gut weg. Sie schwenkt den Beutel mit den Putzutensilien, den sie wie einen kleinen Arztkoffer bei sich trägt. Ich trage einen Strauß Blumen in buntem Seidenpapier eingewickelt, es ist kalt, und sie lassen bereits ihre roten Köpfe hängen. Auf unserem Weg zwischen den Gräbern begegnen wir niemandem, den ich hätte grüßen können, um die Stille zu brechen, die in mir herrscht. Ljuba redet ungebremst weiter, ich würde gern etwas von mir geben, aber mir fällt nichts ein. Schließlich dreht sie sich zu mir um und sagt: „Da sind wir."

Vor ihrem geröteten Gesicht steht eine blasse Wolke Atem.
Ich starre auf Ljubas halbverborgenen Mund, während die Wolke langsam vergeht. Das Grab liegt hinter ihr.
Ich betrachte die schmiedeeisernen Spitzen des Zäunchens rundum und taste nach dem Schminkspiegel in meiner Manteltasche. Sogar durch den Handschuh spüre ich die perfekte Glätte seiner Flanken.

„Manche sagen, es sei dir egal."
Sie steht mir im Weg, und wartet.
„Du hast dich nie gemeldet."

Ich sehe sie an und antworte nicht.
„Du warst die Einzige, die sich nie gemeldet hat, Mischka."
Ich hole den Taschenspiegel langsam hervor und halte ihn in der
geschlossenen Faust.
„Ich wollt es dir nicht vor allen andern sagen."

Ich öffne meine Finger und den Taschenspiegel, halte meine Handfläche so, dass sich meine Augen im Spiegel begegnen können, ohne
den Gegenstand zwischen uns zu schieben. Ich sehe keine Tränen.
Sie folgt meinem Blick und schlägt mir mit Wucht auf die Hand. Ohne
Vorwarnung. Die Berührung brennt auf den Fingerspitzen. Der Spiegel
segelt im hohen Bogen hinter uns und schlägt auf Stein auf.

Ihre Brust geht schwer auf und nieder, ich kann die Härchen auf ihrem
Pelz erkennen, die sich nach oben und wieder hinab neigen. Ich gehe
an ihr vorbei, sie rührt sich nicht. Ich höre ihre Atemzüge und ein leises
Schluchzen. Meinen Atem spüre ich nicht.
Ich lege die Blumen auf den Rand des Grabes, so, wie man seinen Hut
auf einer Ablage platziert, bevor man den Vorraum verlässt und ins
Wohnzimmer geht. Ich streife die Stiefel ab und setze mich.

„Mischka!"
Die Platte ist alt, sie bröselt an den Seiten ab, die Kälte, die der lange
Winter in ihr gespeichert hat, dringt augenblicklich in Hintern und
Fußsohlen, trotz des gefütterten Rockes und der handgestrickten
dicken Socken.
Rote Blumen neben roten Socken auf grauem Stein.

„Mischka, es tut mir Leid."
In die Platte sind Bilder eingelassen, zwei halbrunde Portraits meiner
Großeltern, ein sehr altes und verwittertes, mit dem Gesicht eines

Unbekannten, daneben das freundliche Gesicht Baba Saras und direkt darunter mein Vater. Er lacht, er hat einen schwarzen Vollbart, er ist jung. Über dem Bild sein Name in goldenen Lettern. Ich sehe lange hin und prüfe nach, was sich in mir meldet.

Es meldet sich nichts außer der Kälte, die immer deutlicher in mir aufsteigt.

Ich schlüpfe wieder in die Stiefel und erhebe mich.

Hinter dem Stein liegt mein Spiegel. Er ist ganz geblieben, nur der Deckel ist durch die Wucht des Aufpralls abgesprungen.

„Gehen wir?", frage ich.

Ljuba wischt sich mit dem Mantelärmel die Tränen aus dem Gesicht. Ihre Wimperntusche rinnt, sie zieht heftig durch die Nase auf. Sie legt mir die Hand um die Schulter, dann beide Arme, sie drückt mich fest an sich, der braune Pelz ist überall in meinem Gesicht. Die Wärme, die sie ausstrahlt, schließt sich wie eine Taucherglocke um mich. Ihr Parfum ist schwer.

„Du dummes Schäfchen", flüstert sie mir ins Ohr.

Ich lasse den Spiegel im vertrockneten Gras liegen.

Ljuba hebt ihn auch nicht auf.

„Er ist sowieso nicht mehr hier", sage ich.

Wir gehen wieder schweigend zurück durch den Nebel, durch die leeren Alleen, bis hin zum mächtigen Zaun, der den Friedhof sichert.

Am Ausgang bleibe ich stehen.

Vor uns liegt eine gut befahrene Straße, die sofort Großstadtgeräusche über uns ausleert. Die Autos haben die Lichter angedreht, die streifig an mir vorüberziehen. Alles scheint wieder in Bewegung.

„Bringst du mich noch kurz in unsere alte Wohnung, Ljuba?"

Sie sieht mich überrascht an.

„Wenn es sie noch gibt", füge ich hinzu und setze ich mich mitten auf die Straße, weil meine Füße plötzlich nachgeben. Alles dreht sich. Mehrere Passanten steuern auf uns zu, doch bevor sie uns erreichen, hat mich Ljuba schon wieder hochgezogen.

„Alles bestens, alles bestens", lächelt sie. Und während sie mich noch eisern am Kragen hält, sagt sie leise zu mir:
„Ich ruf ein Taxi."

„Leise", sagt Ljuba also, die meinem Wunsch gefolgt ist, widerstrebend zwar, aber doch gefolgt ist. Ich hebe die Hand, sie überholt mich und versenkt die Klingel im rosa gepolsterten Daumen und in der Plastikfassung. Ich erwarte ein schrillendes Geräusch, oder etwas, das genauso klingt wie damals, irgendwas, das mir etwas sagen, etwas zurückgeben möchte. Es ertönt nichts. Ljuba drückt erneut, erneut ist Schweigen um uns.
Ljuba klopft energisch an die Türe. Drinnen höre ich schlurfende Schritte. Ich will mich jäh umdrehen und gehen, während Ljuba ein weiteres Mal ausholt und die Türe aufschwingt.
Ich sehe einen großen, dunklen Vorraum, den ich augenblicklich erkenne, dahinter die Tür zu unseren beiden Zimmern und zu Tante Musjas Kämmerchen.
Im Rahmen steht eine junge Frau mit hochgestecktem Haar.
„Zu wem?", ist sie kurz angebunden.
Ich würge.
„Zu Frau Musja."
Sie sieht mich sehr aufmerksam an.
„Ach so. Haben Sie vorhin angerufen?"
„Ja, ja, wir", beeilt sich Ljuba und schält sich aus ihrem mächtigen Schal, während sie sich in die Tür drängt, um mir den Weg freizumachen.
„Sie wartet schon. Kommen Sie, ich bring Sie hin."

Ich fange ihren misstrauischen Blick noch einmal auf. Sie dreht sich um, und da fällt mir eine Bewegung auf, die mir bekannt ist, die Wendung des Kopfes, die Farbe ihrer langen, heraushängenden Haarsträhne vielleicht. Ich will sie nicht rufen, sie hat mich offenbar nicht erkannt. Meine Freundin Lenka. Sie öffnet den Eingangsbereich zu unserer Wohnung, fast möchte ich glauben, wir gingen

geradeaus weiter, in das Zimmer meiner Eltern und ließen uns
vor dem Fernseher am Kamin nieder, wie immer. Sie biegt jedoch
nach rechts ab und öffnet mit ihrer hübsch manikürten Hand den
Eingangsbereich von Musjas Kammer. Die Türe ist schmal, wir
zwängen uns hindurch. Ob sie sich noch erinnern kann, wie wir
diesen Raum verwüsteten?

Das Zimmer ist immer noch voller Nippes, aber ich bin erschlagen von
seiner Dürftigkeit und Enge, die mir als Kind nie aufgefallen sind. Die
Luft ist schwer von Rauch und Parfüm, vom Geruch einer sehr alten
Dame. Ich bleibe blöd auf der Schwelle stehen und sage: „Hallo."

Sie sitzt in ihrem Himmelbett, ein kleiner, ausgedörrter Körper, bedeckt
mit tausenden von Rüschen. Rüschen an ihrem Nachtgewand, an ihrer
Decke, an den Polstern, eine einzige Wucherung von schmutzigem
Weiß, und ihre Haare sind immer noch in rote Löckchen gedreht. Ich
muss an Vivienne Westwood denken, an eine bizarre Werbekampagne.
Sie trägt Lippenstift, der mir aus dem hellen Gesichtchen in einem
freudig-irren Lächeln entgegenleuchtet.
Neben dem Bett ein Leibstuhl, unter diesem ein Paar schiefgetretene
helle Stöckelschuhe. Lenka bleibt beim Eingang stehen.

„Oma Musja?", fragt sie. „Willst du Tee haben, ich hab ihn schon
aufgestellt?"
Musja streckt mir ein Kristalldöschen entgegen, in dem die runden
Kükenbällchen liegen, ohne ihr zu antworten. Wir stehen alle drei
länger schweigend da.
„Nimm dir eines, Schatz", kichert Musja. Lenka muss grinsen und
weicht meinem Blick aus.
„Wissen Sie, wer ich bin?", frage ich behutsam.
„Nimm dir eines! Nimm! Nimm!"
„Frau Musja", fange ich hochoffiziell an.
„Nimm! Früher hast du doch auch genommen, ohne zu fragen", fährt
sie mich plötzlich an. „Und die da auch!"
Dabei weist ihr dünner Finger auf Lenka, die unwillkürlich einen Schritt
zurück macht.

„Vielleicht gehen Sie mal raus", sagt Lenka leise, „sie ist heute sehr aufgeregt, das ist nicht gut."

„Nimm!", kreischt Musja.

Ich strecke die Hand aus und greife gehorsam zu. Die Bonbons sind aneinander gebacken und hart wie Urgestein.

„So ist's gut", murmelt Musja, die sehr zufrieden wirkt. „und jetzt setz dich zu mir."

Ich rolle zwei Kükenbälle hilflos von einer Hand in die andere.

„Setz dich!", schrillt sie wieder.

Ich nähere mich ihrem Lager und bleibe davor stehen. Der Geruch nach Säuerlichem, nach Pudrigem wird intensiver.

„Ich will Sie gerne grüßen lassen", hebe ich an.

„Setz dich", wiederholt sie, nun viel leiser, und ich lasse mich auf dem Rand des Bettes nieder.

„Von Laura. Meiner Mutter."

„Gut so", flüstert sie und ist im Handumdrehen eingeschlafen. Die Kristalldose rutscht ihr aus den Fingern. Ich stelle sie auf ihr Nachtkästchen zurück, das mit vielen Fläschchen vollgestellt ist.

Lenka seufzt und zuckt hilflos die Schultern.

Der Teekessel in der weit entfernten Küche pfeift so laut, dass wir ihn sogar hier drinnen hören.

„Darf ich ihn abdrehen?", schreit Ljuba vom Gang herein.

„Ich pflege sie jetzt seit fünf Jahren", flüstert Lenka. „Sie hat niemanden. Und dann … später… werd ich ihr Zimmer bekommen. Das haben wir uns so ausgemacht."

Sie ist immer noch misstrauisch.

„Lenka, ich bin doch nicht ihre Verwandtschaft", rutscht es mir heraus.

„Und ich brauche auch ihr Zimmer nicht. Ich wollte nur das alles hier wiedersehen, verstehst du?"

Ihre Augen werden groß und rund, bevor sie sich verengen.

„Wer bist du?", fährt sie mich an. „Wer bist du, dass du weißt, wer hier wohnt und wie ich heiße?!"

„Lenka", sage ich, und spüre plötzlich, dass die Tränen, die am Friedhof versiegt sind, in meinem Inneren in Bewegung geraten, „Lenka, wir haben doch mit Schenya gemeinsam hier gespielt. Du weißt es sicher noch."

„Was ist mit dem Kessel?", ruft Ljuba herein, und Musja regt sich unruhig auf ihren Polstern.

„Ich heiße Elena", schnappt Lenka. „Und Evgenij habe ich seit zehn Jahren nicht mehr gesehen, und ich will mit ihm auch nichts zu tun haben. Und jetzt raus hier."

Ich drehe mich um und gehe.

Vor mir unsere Wohnungstür, verschlossen. Ich hebe die Hand und drücke die Bronzeklinke, sie lässt sich bewegen, die Tür ist unversperrt und geht auf.

Im Spalt sehe ich unseren Kamin, die Marmorplatten, das nackte Loch in der Wand, und grauenhafte Tapeten rundum. Der Parkettboden ist mit dunkelbrauner Farbe übermalt. Ein großer Tisch zwischen Kaminloch und Tür, und dahinter das erschreckte Gesicht einer älteren Frau, die Karten legt.

„Tür zu!", schreit sie. „Das ist das vierte Mal in dieser Woche! Ihr könntet wenigstens anklopfen, verdammt noch mal – Lenka, also wirklich!"

„Gehört nicht zu mir!", flötet Lenka prompt, während sie die Tür vor meiner Nase zuschlägt und meine Kindheit mit einem dumpfen Schlag verschwindet.

„Raus! Ich will hier keinen Ärger wie wegen Evgenij, klar?!"

„Lenka – Elena, bitte – ich wollte doch eigentlich nur dich sehen", flüstere ich.

„Du bist doch die Einzige, an die ich mich erinnern kann, du und Schenya, ihr seid meine einzigen Freunde."

„Ist das so?", faucht sie mich an. „Warum hast du mir dann nie zurückgeschrieben? Verschwinde!"

Und damit schiebt sie mich gewaltsam zur Eingangstür, während Ljuba uns verdattert mit dem vollen Tablett mit Tee und Zucker und Keksen aus der Küche entgegenkommt.

„Wer hat Ihnen das erlaubt?!", wird sie von Lenka angefahren.

„Die Nachbarin", verteidigt sich Ljuba.

„Die hat doch damit überhaupt nichts zu tun! Welche Nachbarin überhaupt? Raus! Raus, alle beide!"

„Die Kekse gehören aber mir", tönt es aus der Küche, „und ich lade alle ein, die Lust darauf haben."

Ljuba stellt das Tablett würdevoll am Telefonkästchen ab.

Der Sessel unseres Spions ist leer.

„Ihre Gastfreundschaft möchte ich sowieso nicht haben. Komm, Mischka. Wir gehen."

„Mischenka! Bleib doch!", kreischt jemand aus der Küche.

„Wer ist das denn?", staune ich.

„Keine Ahnung", Ljuba ist scheinbar wirklich durch wenig aus der Ruhe zu bringen. „Aber sie mag Besuch."

Lenka packt fluchend das Tablett, die Schälchen scheppern durcheinander, wendet und verschwindet im langen Gang, der in die Küche mündet.

Ich wische mir über die Augen. Sie sind trocken.

„Komm, Mischka", besteht Ljuba. „Komm. Sie hat Angst um ihr Zimmer. Was glaubst du, wie das ist, wenn man mit 25 mit den Eltern in einem Zimmer wohnt? Nimm es ihr nicht übel. Immerhin waren wir da. Nun komm schon."

„Was ist mit Schenya?", flüstere ich.

Ljubas Blick weicht meinem aus.

Sie fasst mich am Ellbogen, ich reiße ihn weg.

„Was ist mit ihm?"

„Der sitzt. Und keine weiteren Fragen mehr."

Sie dreht sich resolut am Absatz um und öffnet die Eingangstüre.

Auf dem Boden vor meinen Füßen liegt noch ein Stückchen Würfelzucker. Ich will es aufheben und zu den Kükenbällchen in meiner Rocktasche legen, überlege es mir im letzten Moment anders, als ich mich verzerrt im schwarzen Korpus des Telefons gespiegelt sehe, und zertrete es unter meinem Winterstiefel.

Ich habe seltsame Scheu davor, weiter nach Schenya zu forschen.

Als die Tür hinter uns zufällt, weiß ich, dass ich diesen Ort nie wieder betreten werde.

In einem unbeobachteten Augenblick schleiche ich abends ins Schlafzimmer meiner Cousinen, vorbei am alten Plastikkasten, den ich als Fünfjährige mit ihnen heimlich bemalt habe, bevor wir Adrian zwangen, dreckigen Schnee zu fressen. Das Gesicht meiner Tochter, das meinem so ähnlich ist, fällt mir ein. Sie wartet in Wien auf mich. Ich schüttle das Bild von mir ab, schiebe die gehäkelte Plastikgardine zur Seite, und blicke lange in die Leere des Außenbezirks. Eine Skyline aus roten Blinklichtern und Fabrikschloten. So bin ich das letzte Mal hier gestanden, einen Becher voll Kindersekt in der Hand. Ich spüre eine unmerkliche Bewegung, einen Luftzug, hebe prüfend die Hand an die Fensterscheibe, ob ein Spalt in der Dichtung entstanden sein könnte.

Aus dem spiegelnden Fensterglas blickt mich ein seltsames Gesicht an. Halslos, gasförmig, flächig und viel größer als mein eigenes, das ich durch es hindurchscheinen sehe. Ich erkenne ihn sofort. Der Spaltkopf.
Die Strudel, die in seiner gallertartigen Hülle träge auf und niedersteigen, haben die Farbe des Weißenachthimmels. Er besitzt keine klar erkennbaren Züge. Sein Inneres ist in ständiger Umschichtung begriffen. Ein Wabern, das um meinen Kopf herum pulsiert und mich überlagert. Seine Augen, schwarze, bodenlose Löcher ohne Augenweiß und Pupille, starren mich an. Riesig sind sie. Sie verleihen dem furchterregenden Kopf etwas Kleinkindhaftes, Niedliches.

Ich nähere mich ihm vorsichtig, bis Nase und Stirn die kühle Scheibe berühren und ich durch ihn in die St. Petersburger Hinterhöfe tauche und nur noch die Häuser ringsum zu sehen sind.

julya rabinowich

1970 in st. petersburg (frühere UDSSR) geboren, lebt seit 1977 in wien. nach einem dolmetsch- und übersetzerstudium und einer psychotherapieausbildung (propädeutikum) studierte sie in wien an der universität für angewandte kunst malerei (meisterklasse christian ludwig attersee). studienabschluss 2006.

2003 erhielt sie den ersten preis der exil-literaturpreise „schreiben zwischen den kulturen".
zahlreiche veröffentlichungen in anthologien:
„wortbrücken" (edition exil, wien 2003, herausgegeben von christa stippinger) und „best of 10" (10 jahre exil-literaturpreise, edition exil, wien 2007, herausgegeben von christa stippinger).
anthologie „schreibrituale" (edition splitter, wien 2004, herausgegeben von batya horn)
„be-sitzer" bilderbuch für erwachsene von julya und nina rabinowich (publikationsreihe hofmobiliendepot, wien 2004)
anthologie „angekommen" (picus verlag, wien 2005, herausgegeben von milo dor)
„mdr preis" beste kurzgeschichte 2006
„tagfinsternis" (drama) geschrieben im rahmen der wiener wortstaetten 2007, in „wortstaetten no.2" (edition exil, wien 2007, herausgegeben von hans escher und bernhard studlar)
„nach der grenze" (drama) uraufführung im wuk, wien durch thiyatrobrücke 2007
(das stück erscheint 2008 in italienischer sprache.)
„romeo + - julia" (drama) uraufführung im schauspielhaus wien im august 2008.
„orpheus im nestroyhof" (theatrale installation) uraufführung oktober 2008 im rahmen des roten oktobers der wiener wortstaetten 2008

derzeit stipendiatin des retzhofer literaturpreises.
zahlreiche preise und stipendien, darunter wiener autorenstipendium und die buchprämie des bm:ukk für ihren debutroman „spaltkopf".